CB028621

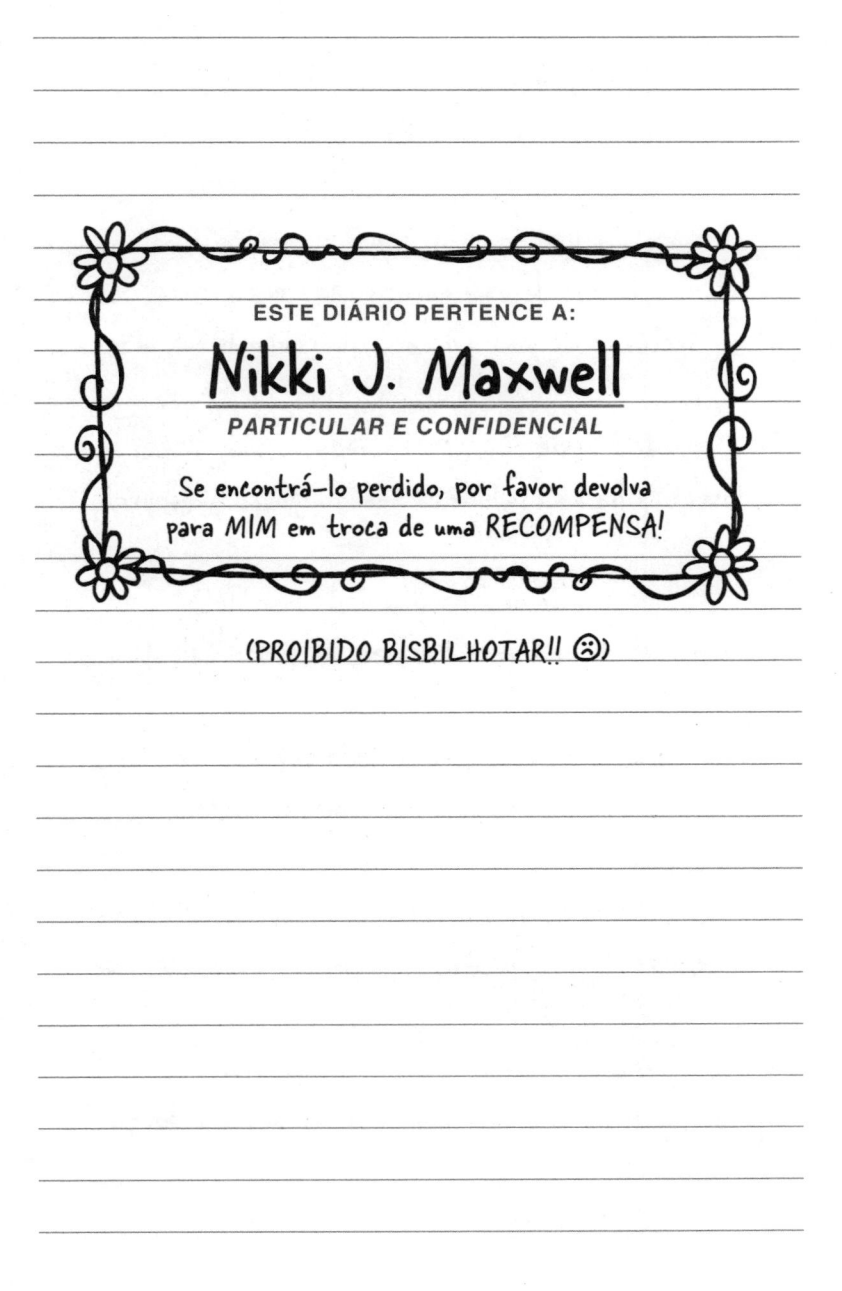

ESTE DIÁRIO PERTENCE A:

Nikki J. Maxwell

PARTICULAR E CONFIDENCIAL

Se encontrá-lo perdido, por favor devolva
para MIM em troca de uma RECOMPENSA!

(PROIBIDO BISBILHOTAR!! ☹)

TAMBÉM DE
Rachel Renée Russell

Diário de uma garota nada popular:
histórias de uma vida nem um pouco fabulosa

Diário de uma garota nada popular 2:
histórias de uma baladeira nem um pouco glamourosa

Diário de uma garota nada popular 3:
histórias de uma pop star nem um pouco talentosa

Diário de uma garota nada popular 3,5:
como escrever um diário nada popular

Diário de uma garota nada popular 4:
histórias de uma patinadora nem um pouco graciosa

Diário de uma garota nada popular 5:
histórias de uma sabichona nem um pouco esperta

Rachel Renée Russell

DIÁRIO
de uma garota nada popular

Histórias de uma destruidora de corações nem um POUCO feliz

Com Nikki Russell e Erin Russell

Tradução
Carolina Caires Coelho

11ª edição
Rio de Janeiro-RJ / São Paulo-SP, 2025

VERUS
EDITORA

TÍTULO ORIGINAL: Dork Diaries: Tales from a Not-So-Happy Heartbreaker
EDITORA: Raïssa Castro
COORDENADORA EDITORIAL: Ana Paula Gomes
COPIDESQUE: Anna Carolina G. de Souza
REVISÃO: Gabriela Lopes Adami
DIAGRAMAÇÃO: André S. Tavares da Silva
CAPA, PROJETO GRÁFICO E ILUSTRAÇÕES: Lisa Vega

VERUS EDITORA LTDA. Rua Argentina, 171, São Cristóvão, Rio de Janeiro/RJ,
20921-380 www.veruseditora.com.br

CIP-BRASIL. CATALOGAÇÃO NA FONTE
SINDICATO NACIONAL DOS EDITORES DE LIVROS, RJ

R925d

Russell, Rachel Renée

Diário de uma garota nada popular : histórias de uma destruidora de
corações nem um pouco feliz / Rachel Renée Russell ; ilustrações Lisa Vega ;
tradução Carolina Caires Coelho. – 11. ed. – Rio de Janeiro, RJ : Verus, 2025.
il. ; 21 cm

Tradução de: Dork Diaries : Tales from a Not-So-Happy Heartbreaker
ISBN 978-85-7686-327-4

1. Ficção infantojuvenil americana. I. Vega, Lisa. II. Coelho, Carolina Caires.
III. Título.

14-09840

CDD: 028.5
CDU: 087.5

Revisado conforme o novo acordo ortográfico

IMPRESSÃO E ACABAMENTO: Gráfica Santa Marta

Para tia Betty e tio Phil.
Obrigada por sempre me ajudar e
me tratar como filha postiça.
Amo vocês do fundo do coração!

AGRADECIMENTOS

Uau! É difícil de acreditar que agora temos o *Diário de uma garota nada popular 6!* Gostaria de agradecer aos seguintes membros da equipe:

Aos meus fãs tontolícias do mundo todo! Cada um de vocês é muito especial para mim!

Daniel Lazar, meu agente dos sonhos (obrigada por apoiar minhas às vezes malucas ideias); Liesa Abrams Mignogna (também conhecida como Batgirl!), minha fabulosa e divertida editora (que quase faz com que isso NÃO pareça trabalho); Jeanine Henderson, minha super-rápida e talentosa diretora de arte (que sobreviveu a este livro); Torie, minha correspondente muito organizada; e Deena Warner, minha maga do site.

Mara Anastas, Carolyn Swerdloff, Matt Pantoliano, Katherine Devendorf, Paul Crichton, Fiona Simpson, Lydia Finn, Alyson Heller, Lauren Forte, Karin Paprocki, Lucille Rettino, Mary Marotta, toda a equipe de vendas e todas as pessoas da Aladdin/Simon & Schuster, tenho muita sorte por VOCÊS terem ME escolhido!

Maja Nikolic, Cecilia de la Campa, e Angharad Kowal, meus agentes de direitos internacionais da Writers House por constantemente recrutarem novos fãs, um país por vez.

E por último, mas não menos importante, minha ADORADA família! Obrigada por serem a inspiração para esta série.

Lembre-se sempre de deixar seu lado NADA POPULAR brilhar!

SÁBADO, 1º DE FEVEREIRO

AI, MEU DEUS! Estou sofrendo do mais grave caso de PAIXONITE de todos os tempos!

Hoje de manhã, senti como se tivesse um bando de borboletas agitadas no estômago, o que me deixou SUPERenjoada ☹! Mas de um jeito muito BOM ☺!

Eu me senti TÃO absurdamente feliz que seria capaz de... VOMITAR raios de sol, arco-íris, confetes, purpurina e... humm... aquelas deliciosas balinhas coloridas!

Ainda não consigo acreditar que o meu paquera, o Brandon, me enviou uma mensagem de texto ontem à noite depois que saí da festa de aniversário dele.

E você NUNCA vai adivinhar o que aconteceu??!!

ELE ME CONVIDOU PARA IR AO BURGER MALUCO!! ÊÊÊÊÊ ☺!!

E, sim, eu sei que NÃO é, tipo, um encontro de verdade nem nada. Mas MESMO ASSIM!

Fiquei TÃO feliz, que coloquei minha música PREFERIDA para tocar e dancei pelo meu quarto feito uma MALUCA...

2

Ei! Eu fui mais do que BRUTAL! Eu era uma máquina de dança e guitarra aérea!

Depois de dançar no meu quarto por uma hora inteira, eu estava tão cansada que mal conseguia respirar.

Foi quando desmoronei como uma massa ofegante, toda suada e fedorenta.

AI!!
COFF!!
U!!

Uma massa ofegante, toda suada e fedorenta muito FELIZ.

EU, COM UM BAITA SORRISO TONTO ESTAMPADO NO ROSTO!!

Por quê? Porque a qualquer minuto, o Brandon entraria em contato para combinarmos de ir ao Burger Maluco.

ÊÊÊÊÊ ☺!

Então, eu me sentei numa poltrona confortável, olhei para o meu telefone celular e esperei pacientemente pela ligação.

E ESPEREI...

(4 horas depois)

E ESPEREI!!

(6 horas depois)

Quando eu me dei conta, era hora de ir para a
cama. Parecia que eu tinha esperado por, tipo, uma
ETERNIDADE...!!

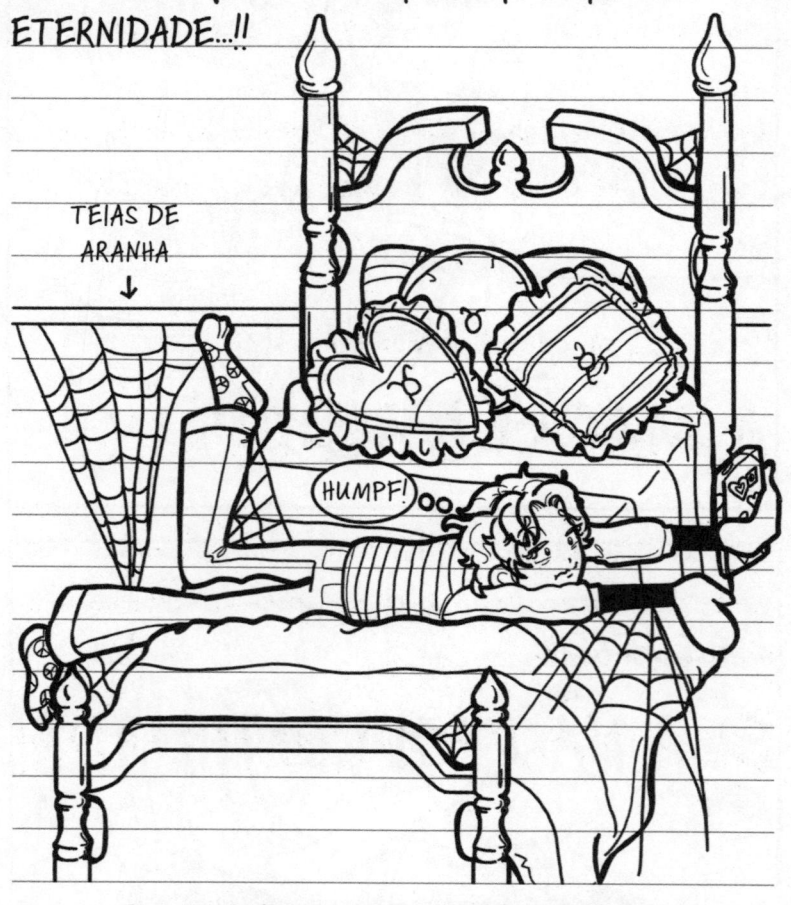

TEIAS DE
ARANHA
↓

HUMPF!

EU, JOGADA NA CAMA, ABORRECIDA

Mas ele não ligou! Não mandou e-mail! Nem uma mensagem
de texto! Eu até cheguei meu celular para ter certeza
de que a bateria não tinha acabado nem nada disso.

Infelizmente, a última ligação recebida tinha sido das minhas melhores amigas, a Chloe e a Zoey. Elas me ligaram tarde da noite com uma fofoca BEM cabeluda.

Aparentemente, alguém surgiu de repente na festa do Brandon para deixar um presente para ele logo depois que eu saí.

Você nunca vai adivinhar quem era!

A MACKENZIE☹!!

Tudo bem, eu admito que foi muito gentil e simpático da parte dela fazer isso. Mas ela esqueceu um detalhezinho muito importante...

ELA NÃO FOI CONVIDADA! ☹!!

O que significa que a SENHORITA NOJENTA basicamente INVADIU a festa do Brandon! Tipo, QUEM é que faz isso?!

As minhas melhores amigas me contaram que a MacKenzie mexia nos cabelos, dava risadinhas e flertava com o Brandon feito doida. Depois, ficou superséria e pediu para conversar A SÓS com ele sobre uma coisa muito importante!

QUE MARAVILHA ☹! Agora estou começando a ~~me preocupar~~ SURTAR!

E se a MacKenzie tiver contado a ele umas mentiras horríveis a meu respeito e ele não quiser mais ser meu amigo?!!

Ela sempre falava de mim pelas costas, tipo: "A Nikki é terrivelmente insegura, não sabe se vestir e é uma TONTA obcecada por seu diário!"

O que NÃO é verdade! Bom... talvez seja um pouco verdade. Tudo bem! Realmente, é BASTANTE verdade. Mas MESMO ASSIM!!

POR QUE isso tudo tinha de acontecer bem quando o Brandon e eu estávamos prestes a ter o nosso primeiro encontro-que-não-é-bem-um-encontro ☹?!

POR FAVOR, POR FAVOR, POR FAVOR, POR FAVOR, POR FAVOR, faça com que o Brandon me ligue amanhã!!

Eu estou acordada há

7 horas, 11 minutos e 39 segundos

e o Brandon AINDA não telefonou ☹!!

Estou começando a pensar que algo muito RUIM aconteceu com ele.

Acho que sinceramente ele QUERIA telefonar.

E sinceramente TENTOU me telefonar.

Mas simplesmente NÃO CONSEGUIU!

Porque talvez... ele tenha sido, humm... abduzido... por...

ALIENÍGENAS ☹!!

Ei, não dê risada!!

Pode ter acontecido de verdade...!!

"NÃO POSSO ACREDITAR QUE ISSO ESTÁ ACONTECENDO! DERRUBEI MEU CELULAR E AGORA NÃO POSSO TELEFONAR PARA A NIKKI!"

Apesar de eu ainda estar sofrendo de um caso grave de paixonite E estar tendo um dia muito RUIM, meus pais me OBRIGARAM a cuidar da minha irmãzinha, a Brianna.

Só para que pudessem ir ao cinema juntos! Tipo, isso é muito INSENSÍVEL! Às vezes, eu acho que a minha mãe e o meu pai precisam de uma aula para pais ou alguma coisa assim.

Da última vez em que tentei falar ao telefone com o Brandon com a Brianna por perto, foi um completo desastre. Ela contou para ele sobre as minhas pernas peludas e olhos remelentos. Foi TÃO humilhante!

Ultimamente, a Brianna está totalmente obcecada por aqueles programas de TV de salão de cabeleireiros para divas. E olha só! Ela até se intitula srta. Bri-Bri, hairstylist fashionista das estrelas!

Fiquei chocada ao vê-la rastejar até o banheiro dos meus pais para roubar xampu, perfume e outras coisas. Foi como se eu tivesse visto um MILAGRE com os meus próprios olhos!

A Brianna FINALMENTE estava tentando melhorar seus hábitos de higiene NOJENTOS 😊!

UHU!

Mas mais tarde, quando dei uma espiada no quarto dela, descobri que ela tinha DESAPARECIDO!

E, no lugar dela, estava uma mulherzinha bem estranha.

Ela estava usando óculos de gatinho com diamantes falsos, um cachecol comprido, chinelos de cetim quatro números maior e um avental de pintura infantil repleto de maquiagens de marca da minha mãe.

Eu não sabia QUEM diabos ela era.

Tive vontade de gritar: "Quem é VOCÊ? E o que você fez com a MINHA irmãzinha?!"

Mas meu instinto me mandou correr RÁPIDO e chamar a POLÍCIA!

Então, ela abriu um enorme sorriso para mim e disse...

"BONJOUR, SRTA. NIKKI!
SEJA BEM-VINDA AO SALÃO BRIANNA!!"

Eu estava no meio do corredor quando a Brianna me alcançou. Ela agarrou meu braço e me arrastou de volta para o quarto.

"Querriiiida! Aonde é que você vai? Não seja doida!", a Brianna disse com um sotaque francês bem falso que mais parecia um Arnold Schwarzenegger de 6 anos.

"Você está brincando com a maquiagem nova e o perfume novo da mamãe? Você TEM noção de que ela vai TE MATAR quando chegar em casa, né?", eu lhe dei uma bronca.

"Não importê, querriiiida! Você tem um horário com a srta. Bri-Bri! Oui! Oui! Venhê! Venhê!", ela disse, me empurrando na direção da cadeira da escrivaninha do salão.

Música pop em voz infantil tocava ao fundo. E ela tinha desenhado os penteados mais horrorosos em cartazes e os pendurado na parede para ajudar a criar o ambiente de um salão moderno e chique.

Aqueles cartazes deveriam ter sido um ALERTA para mim a respeito da habilidade de cabeleireira da srta.

Bri-Bri. Eu não pude deixar de inventar nomes para cada um deles...

"Não se preocupê, querriiiiiida", disse a srta. Bri-Bri. "Vou deixar você BONITÊ! Para o seu amiguinho Brandon. Sim?!"

Para o BRANDON?!! Fiquei vermelha feito um pimentão.

Ei! Era SÓ uma transformação de mentirinha com a srta. Bri-Bri, hairstylist fashionista das estrelas!

O que poderia dar ERRADO?

"Tá bom. Desde que seja SÓ de mentirinha!", falei.

Se eu tivesse sorte, aquilo manteria a Brianna ocupada até meus pais voltarem para casa. E era bem MENOS perigoso do que se a gente assasse biscoitos e quase incendiasse a casa. DE NOVO!

"EBAAAAA!! Minha primeira cliente!". A ~~Brianna~~ srta. Bri-Bri comemorou. "Antes de começar, querriiiiida, quer beber alguma coisa? Suco suculento? Suco havaiano? Leite com chocolate?"

"Leite com chocolate seria bom", respondi.

"Hans! Vá pegar um copo de leite com chocolate para a nossa cliente, a srta. Nikki! Bem gelado!", ela ordenou, olhando para o ursinho que estava na cadeira ao meu lado.

O ursinho... quero dizer... Hans... não se mexeu nem um milímetro.

"E então?", ela olhou furiosa para ele. "Não fique aí sentado! Vá buscar o leitê para ela. Agora! POR FAVOR!!"

Então, ela se virou para mim e riu sem jeito. "Por favor, perdoe meu assistente. O Hans é novo aqui. Ele fala francês, mas muito pouco inglês."

Olhei para o ursinho, olhei de volta para ela e ergui uma sobrancelha. "Hum... certo", respondi.

"Eu sei exatamente o que fazer com o seu cabelo, querriiiiiida!", a Brianna disse ao colocar ~~uma toalha de banho~~ um avental sobre os meus ombros. "Agora, relaxa e deixa a srta. Bri-Bri fazer seus truques! Sim? Hans, você, por favor, pode pegar aquela revista e entregar para a... Ah, não precisa! Eu mesma vou fazer isso!"

A Brianna me deu uma revista de moda adolescente para ler, como num salão de verdade. Fiquei impressionada. Até perceber que ela tinha pegado A MINHA revista Coisa adolescente do meu quarto. Aquela pequena LADRA!

Mas, tenho que admitir, a srta. Bri–Bri, hairstylist fashionista das estrelas, parecia saber das coisas...

EU, LENDO ENQUANTO A SRTA. BRI–BRI CUIDAVA DOS MEUS CABELOS

Foi quando vi uma matéria muito interessante sobre, advinha só, GAROTOS!

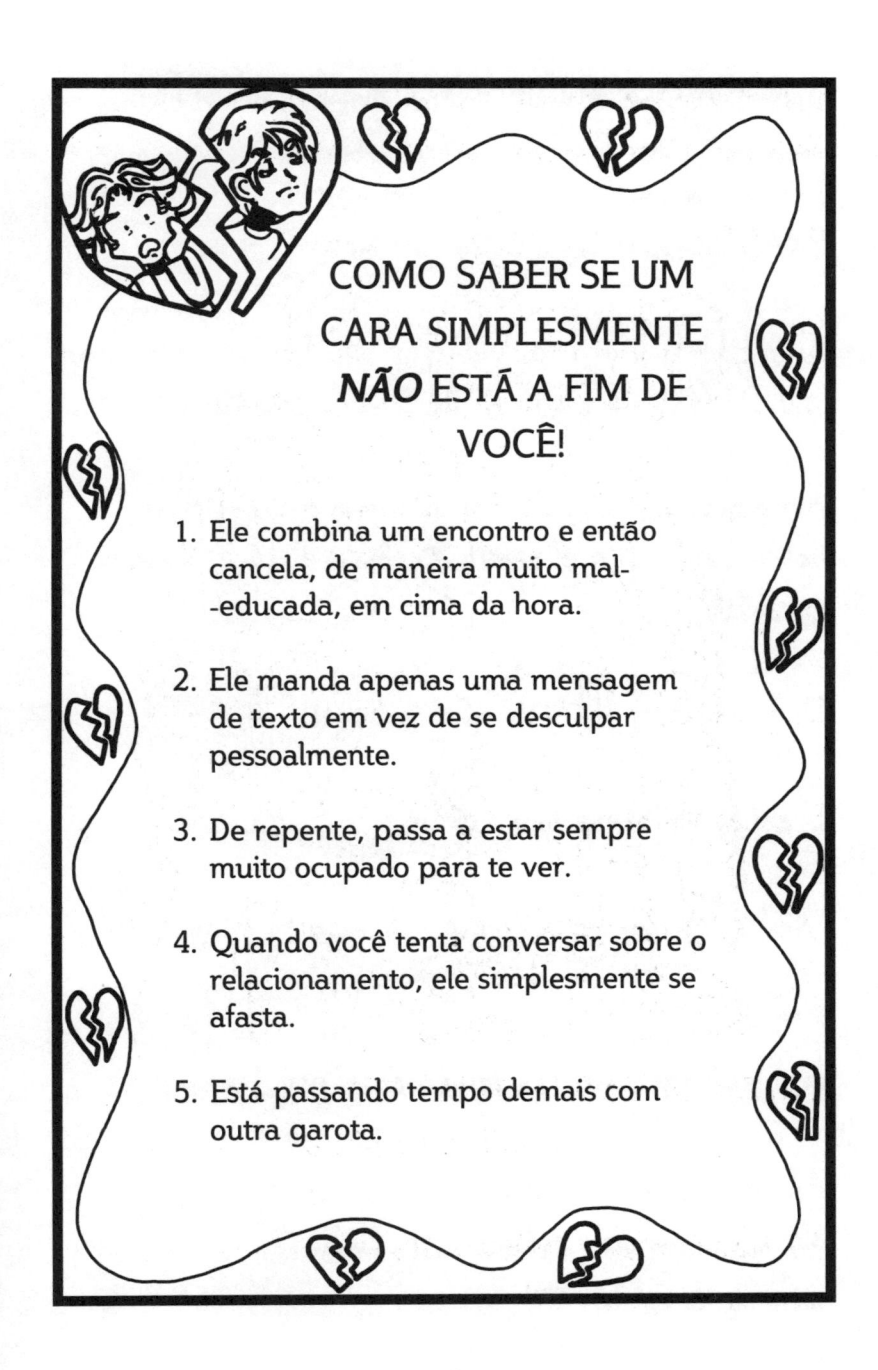

COMO SABER SE UM CARA SIMPLESMENTE *NÃO* ESTÁ A FIM DE VOCÊ!

1. Ele combina um encontro e então cancela, de maneira muito mal-educada, em cima da hora.

2. Ele manda apenas uma mensagem de texto em vez de se desculpar pessoalmente.

3. De repente, passa a estar sempre muito ocupado para te ver.

4. Quando você tenta conversar sobre o relacionamento, ele simplesmente se afasta.

5. Está passando tempo demais com outra garota.

Aquela matéria era simplesmente... CHOCANTE!

Apenas um cara que fosse um completo FRACASSADO faria coisas assim.

Eu me senti muito sortuda por não ter de lidar com "DDD" (Drama e Dilema de Doidos) na MINHA vida.

Arranquei a página da revista, dobrei e enfiei no bolso. Sabe como é, para referência futura. Só para garantir.

De repente, senti um puxão no cabelo.

E então um baque bem forte!

"Ai!", eu gritei. "Brianna, o que você tá fazendo?!"

"Tô deixando você bonitê, querriiiida! Não tem problemê nenhum! Não se preocupe, por favor!"

Apesar de ela ter garantido, eu notei certa incerteza naquele sotaque sem noção.

Em seguida, senti mais um puxão e então... ZIP!

Uma mecha caiu no meu colo!

Eu engasguei!

E então, com a mão tremendo, peguei a mecha e REZEI para que fosse de outra pessoa.

Tipo, do Hans, talvez, aquele ursinho de pelúcia assistente, preguiçoso e com sotaque francês!

"O que é ISTO?!", gritei com a Brianna enquanto olhava para os cabelos.

"Naaadê! Nadê mesmo. Eu jogo fora! Sim?" Ela tirou a mecha de mim e jogou por cima do ombro. "Pronto, foi embora!"

"Brianna! Me dá aquele espelho! Agora! Ou essa brincadeira vai ACABAR!", eu berrei, com os olhos arregalados.

A Brianna me passou o espelho e riu com nervosismo.

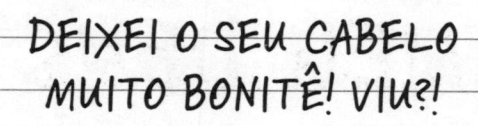

BRIANNA ME PASSANDO O ESPELHO

Bem, dei uma olhada no espelho e...

AI, MEU DEUS ☹!!

Não tenho palavras para descrever como meu cabelo ficou FEIO.

Talvez, hum...

HORRIVE-LÍCIA!

O que é, tipo, dez vezes pior do que simplesmente horrível.

Não acreditei na BAGUNÇA que vi naquele espelho.

Achei que meus olhos fossem rasgar e sangrar por terem sido expostos a tamanha...

FEIURA!!

AAAAAAH!!

(ESSA SOU EU GRITANDO)

E a parte de trás estava ainda pior! Exatamente como eu havia suspeitado, uma mecha enorme do meu cabelo tinha sido cortada...

MECHA DE CABELO QUE TINHA SIDO CORTADA

Pensei seriamente em rastejar pelo chão até encontrar os cabelos cortados.

Então, eu colocaria a mecha dentro de um balde com gelo e correria até o pronto-socorro mais próximo para ver se os médicos poderiam remendá-la cirurgicamente...

"DOUTORES, POR FAVOR! VOCÊS PRECISAM FAZER UMA CIRURGIA DE EMERGÊNCIA PARA COLAR MINHA MECHA ANTES QUE OS MEUS... FOLÍCULOS CAPILARES... MORRAM!"

"Meu cabelo! Meu pobre cabelinho!", chorei. "Brianna, estou tão brava com você agora que poderia... AARRRRRGH!!"

"Querriiiiida! Por favor! Acalme-se! Ninguém chora neste salão! Mas gorjetas são permitidas!" A srta. Bri-Bri sorriu ao estender a mão. "Tem uns trocados?"

Ela queria que eu pagasse?!!

Eu estava mais do que REVOLTADA!

Desculpa! Mas eu já tinha me cansado da Brianna e de seu:

1. sotaque francês fajuto.

2. corte de cabelo horroroso.

3. assistente inútil e preguiçoso, o Hans!

"Os cortes de cabelo da srta. Bri-Bri são sempre bonitês! Vou tirar uma FOTO do seu cortê!", a Brianna disse ao pegar meu telefone da cômoda e ativar a câmera...

Um flash cegante foi acionado, e eu não consegui ver nada.

Sorte da Brianna! Porque naquele momento eu estava tão brava que queria fazer um belo e estiloso corte de cabelo NELA. Com uma serra elétrica!

"Nikki, é este o botão que você aperta para enviar as coisas?", a Brianna perguntou. "Quero mandar essa foto para a Chloe e para a Zoey para ter mais clientes!"

Foi quando passei de brava para FURIOSA! "Brianna, você ENLOUQUECEU?! É melhor você NÃO enviar essa foto pra NINGUÉM!"

"Por que não? Preciso de mais clientes para ganhar mais dinheiro. Como vou pagar a Bicuda para ser minha assistente que lava os cabelos das clientes?"

"Me dá o meu telefone!!!", eu gritei, e o arranquei da mão dela.

"A mamãe diz que saber dividir é bom!", a Brianna berrou, e pegou o telefone de novo.

Gritamos uma com a outra e ficamos brigando por causa do telefone pelo que pareceu, tipo, UMA ETERNIDADE...

EU E A BRIANNA,
BRIGANDO POR CAUSA DO MEU CELULAR

Isto é, até escutarmos o telefone fazer *CLIQUE!* E então *BIPE!* Eu tive um colapso bem ali!!

AI, MEU DEUS, BRIANNA! VOCÊ ACABOU DE ENVIAR ESSA FOTO HORROROSA PARA TODOS OS MEUS CONTATOS!

OOPS!!

Existe um ditado que diz que uma imagem fala mais que mil palavras.

Bom, a minha vale um milhão de risadas!

Eu estava parecendo uma PSICÓTICA, SEM-TETO, hum... uma PALHAÇA que... acidentalmente enfiou o dedo na TOMADA!

A Chloe e a Zoey imediatamente me enviaram mensagens de texto com "HAHAHA" como resposta.

Elas sempre me enviavam fotos engraçadas.

Mas eu fiquei SUPERpreocupada pensando que depois que o Brandon visse aquela foto, ele ficaria tão assustado que NUNCA mais me chamaria para sair!

Ele ainda não me ligou, não enviou e-mail nem mensagem durante todo o fim de semana.

Eu estava pensando seriamente se deveria ou não tentar passar cola naquela mecha, ou se deveria apenas repartir meu cabelo de um jeito diferente para tentar esconder a falha, quando meu telefone tocou.

AI, MEU DEUS!

Eu quase tive um treco. Era uma mensagem do BRANDON!

Finalmente!!
ÊÊÊÊÊ ☺!!!

Meu coração batia forte enquanto eu lia a mensagem.

Eu realmente li aquilo, tipo, três vezes até captar a mensagem.

AH.

NÃO.

ELE...

NÃO FEZ ISSO!!

Fechei os olhos com força e... gritei em desespero... como um ser mortalmente ferido, humm... um gorila ou alguma coisa assim. Como ele pôde fazer aquilo comigo?!!

Eu imediatamente reconheci o comportamento do Brandon como o descrito naquele artigo "Como saber se um cara simplesmente *NÃO* está a fim de *você!*":

1. Ele combina um encontro e então cancela, de maneira muito mal-educada, em cima da hora.

2. Ele manda apenas uma mensagem de texto em vez de se desculpar pessoalmente.

Eu risquei os números 1 e 2 da lista.

Talvez o Brandon estivesse muito envergonhado para ser visto com uma garota levemente estabanada, altamente insegura, que NÃO ERA uma GDP (garota descolada e popular) como a MacKenzie.

Ou talvez pensar na van de dedetização do meu pai, com uma barata de plástico do tamanho de um porco em cima fez com que ele perdesse o apetite.

Eternamente!

De repente, eu me senti tão... IDIOTA!

O que me fez pensar que o Brandon ia QUERER ir a algum lugar COMIGO?!!

De qualquer forma, passei a última hora pensando em uma nova Equação de Rejeição para tentar entender o que aconteceu.

Os cálculos são SUPERcomplexos. E quem sabe?!
Todo o meu árduo trabalho nessa equação pode

um dia acabar me rendendo um Prêmio Nobel de
Matemática...

MEU →
TELEFONE

BRANDON MAIS NIKKI DIVIDIDOS POR UMA
MENSAGEM DE TEXTO ALEATÓRIA É IGUAL A...
DECEPÇÃO AMOROSA!

Por que essas coisas de garotos são TÃO confusas?

Eu acho que poderia escrever para a minha coluna
de conselhos da srta. Sabichona e pedir conselhos
amorosos para mim mesma.

Principalmente desde que duas amigas, a Chloe e a Marcie, me imploraram para deixá-las assumir minha coluna durante todo o mês de fevereiro.

Elas estão fazendo uma coluna especial de "conselhos amorosos para paquera em crise" da srta. Sabichona, o que significa que eu tenho o mês inteiro de folga.

De qualquer forma, aqui está a minha carta...

Cara srta. Sabichona,

Por que o amor é uma coisa tão CRUEL?

Socorro!

Uma tonta com o coração partido ☹!

SEGUNDA-FEIRA, 3 DE FEVEREIRO

Ainda estou bem deprimida por causa da mensagem do Brandon.

Gostaria muito de dar a ele o benefício da dúvida, mas o artigo da revista não me permite.

Eu planejei simplesmente fingir que todo o lance do Burger Maluco não aconteceu e ignorá-lo TOTALMENTE.

Mas, quando eu cheguei ao colégio, a primeira coisa que percebi foi que TODOS os garotos estavam agindo de modo muito estranho. Até mesmo os caras mais bagunceiros estavam reunidos em pequenos grupos, falando baixo.

Mas quase todo mundo estava olhando com nervosismo para alguma enorme comoção no fim do corredor.

O QUE estava acontecendo??! E ONDE estavam todas as GAROTAS?

Certo, aquilo era muito... ESTRANHO.

Enquanto todos os meninos estavam ali olhando feito idiotas, eu decidi atravessar o corredor e investigar...

42

AI, MEU DEUS! Eu NÃO podia acreditar no que estava vendo!!

Praticamente todas as garotas do colégio faziam parte daquela multidão na fila para comprar ingressos para o Baile do Amor.

Jordyn, a garota que se senta atrás de mim na aula de geometria, me mostrou seus ingressos e alegremente me informou:

"NIKKI, ESTE É O BAILE MAIS POPULAR DO ANO! MAS COMPRE LOGO OS SEUS INGRESSOS, PORQUE GERALMENTE ESGOTAM EM POUCOS DIAS!"

Ela tinha razão quanto ao baile ser bem popular. A fila era tão grande que passava pela secretaria, dava a volta perto da biblioteca e continuava para além da porta do refeitório. Parecia a entrada de um show do Justin Bieber com ingressos esgotados!
Mas olha só!

ERAM AS GAROTAS QUE CONVIDAVAM OS GAROTOS!

Claro que eu SURTEI! Infelizmente, o ÚNICO garoto no qual eu estou meio interessada não podia nem ao menos comer um hambúrguer comigo ☹!

Eu NÃO podia convidá-lo para o Baile do Amor!!

Toda essa coisa de amor sentimental estava me irritando. Então, eu decidi ir até o meu armário e desabafar no meu diário antes da primeira aula.

Mas ISSO foi uma PÉSSIMA ideia!

A MacKenzie tinha enchido o armário dela com tantos corações vermelhos e cor-de-rosa brilhantes,

que eu praticamente fiquei cega quando olhei. Até o
gloss labial dela era vermelho e brilhante!

← EU

Como é que eu ia conseguir escrever no meu diário
se todas as joias cafonas DELA estavam, humm...
CHACOALHANDO por todos os lados?!

Não pude acreditar no que aconteceu em seguida. Aquela garota torceu o nariz e espirrou seu perfume Belo Veneno em mim, "acidentalmente" de propósito.

Tipo, QUEM faz isso? Então, eu acabei me descontrolando.

"POR FAVOR, MacKenzie! Você pode ser mais cuidadosa quando estiver espirrando essa coisa?"

"Desculpa, Nikki! É que o seu odor está especialmente forte hoje. E não tenho desinfetante em spray aqui."

"Eu pessoalmente preferiria desinfetante. Qual é o nome desse perfume que você está usando? Repelente antipulgas?", disparei de volta.

Chamar a MacKenzie de garota malvada é elogio. Ela é um tubarão de gloss labial, calça jeans skinny e salto plataforma.

De repente, ela se virou e ficou grudada bem na minha cara, como um creme antiacne ou alguma coisa assim...

"E AÍ, NIKKI, VOCÊ VAI AO BAILE DO AMOR? AH, EU SINTO MUITO! ANIMAIS NÃO PODEM ENTRAR!"

"Na verdade, MacKenzie, esse fedor que você está sentindo não é meu. Está vindo da sua boca. Você, obviamente, está sofrendo de TAGARELICE aguda! Essa coisa é contagiosa?"

A MacKenzie ficou me encarando com aqueles olhos pequenos e brilhantes. "Admita, Nikki! Você simplesmente está com inveja porque o Brandon gostou MUITO MAIS da câmera digital que eu dei para ele de aniversário do que daqueles seus cartões de vale-presente idiotas do BURGER DOIDO."

"Não é Burger DOIDO. É Burger MALUCO!", eu disse, me perguntando como é que ela ficou sabendo disso. Será que o Brandon tinha contado para ela que íamos juntos ao Burger Maluco para usar os cartões de vale-presente dele?

"Tanto faz! Seu presente foi TÃO idiota! Eu dei a câmera para que o Brandon possa tirar fotos minhas quando eu for coroada a Princesa do Amor. E eu já o convidei para ao baile, então nem pense nisso."

Eu apenas pisquei, chocada! A MacKenzie já tinha convidado o Brandon para o baile???!!!

Ele disse SIM ou NÃO?!! Ou TALVEZ? Ela muito convenientemente não revelou ESSE pequeno detalhe.

Mas, eu tinha que admitir, tudo estava começando a fazer muito sentido.

Quando a MacKenzie pediu para falar com o Brandon em particular na festa de aniversário dele, provavelmente foi para convidá-lo para o Baile do Amor!

E se eles iam ao baile juntos, não havia a MENOR CHANCE de ela querer que ele fosse COMIGO ao Burger Maluco.

Então ele me mandou aquela mensagem ☹!

Fechei os olhos, suspirei profundamente e mordi o lábio.

Então, uma onda inesperada de raiva tomou conta de mim.

A MacKenzie NÃO manda em mim! Vivemos em um país livre! Eu posso convidar QUEM eu quiser para o baile.

E sim, o Brandon tinha acabado de me dar um bolo.

Mas MESMO ASSIM!

NÃO havia motivos para eu não me HUMILHAR totalmente FAZENDO O CONVITE. Certo?!

ERRADO!! Se a MacKenzie e o Brandon querem ir juntos, eu NÃO vou ficar no cami...

Foi quando a MacKenzie interrompeu de maneira grosseira a conversa profunda que eu estava tendo comigo mesma. "A propósito, Nikki, só um pequeno lembrete de amiga! Não deixe de votar em MIM para Princesa do Amor no dia 14 de fevereiro! Todo mundo vai votar. Eu sou MUUUITO popular!", a MacKenzie soltou.

Então, ela jogou os cabelos e saiu rebolando. Eu simplesmente ODEIO quando essa garota rebola!

Fiquei muito chateada porque a MacKenzie estava tentando acabar com a minha amizade com o Brandon. DE NOVO!

E se eu também o convidasse para o baile? Então ele seria obrigado a escolher!

DUAS garotas desesperadas e UM garoto! Que MARAVILHA ☹!

Claro que isso tudo me deixou com uma pergunta muito óbvia e urgente.

POR QUE é que a MacKenzie ME pediria para votar NELA para Princesa do Amor sendo que é muito óbvio que ela me ODEIA?

Isso tudo é estressante!! E minha mente está tão ESTRESSADA, que preciso muito conversar com as minhas melhores amigas, a Chloe e a Zoey.

Elas eram as ÚNICAS garotas no colégio inteiro cujo cérebro NÃO tinha virado GELEIA hoje por causa da FEBRE do baile!!

Já estou CANSADA do Dia de São Valentim, e só vai ser daqui a duas semanas!

☹!

TERÇA-FEIRA, 4 DE FEVEREIRO

Certo, eu estava TOTALMENTE errada quando pensei que a Chloe e a Zoey não tinham pegado a Febre do Amor.

Elas estão tão obcecadas pelo baile, que o cérebro delas virou uma GELEIA maior do que o de todas as outras garotas apaixonadas e de cérebro de geleia do colégio ☹!

Claro, isso foi uma descoberta chocante.

Primeiro, eu notei na aula de educação física, enquanto estávamos nadando na piscina do WCD.

Nós deveríamos estar na água nos aquecendo e dando voltas para o condicionamento.

Mas a Chloe e a Zoey estavam TÃO empolgadas com o baile que passamos uma hora INTEIRA num canto da piscina fofocando sobre isso.

O que eu achei agradável, já que não sou tão boa assim na natação...

A CHLOE, A ZOEY E EU NA AULA DE
EDUCAÇÃO FÍSICA, NADANDO NA PISCINA
(BOM, MAIS OU MENOS)

Apesar de as duas quererem MUITO, MUITO ir ao baile, elas ainda não tinham comprado os ingressos.

E adivinha POR QUÊ?! ELAS só queriam ir SE eu fosse TAMBÉM!

Eu fiquei, tipo: "Parem com isso, PESSOAL! Se vocês duas querem ir, devem ir! Tenho certeza que vai ser muito divertido e animado!"

"Mas não seria a mesma coisa sem você, Nikki!", a Chloe disse, fazendo bico.

"Para com isso, Nikki! Nós somos melhores amigas. Temos que fazer TUDO juntas!", a Zoey choramingou.

Foi quando eu perdi totalmente a paciência com aquelas duas e gritei: "É mesmo? Então, se eu pular de um penhasco, vocês duas também vão pular? E se eu for atropelada por um ônibus, vocês também iam querer ser atropeladas? Parem com isso, meninas! Somos melhores amigas, não CLONES! Acho que está na hora de vocês CRESCEREM!"

Mas é claro que eu disse isso tudo dentro da minha cabeça, então só eu mesma escutei.

Apesar de elas serem meio irritantes às vezes, eu NUNCA magoaria as duas de propósito. Afinal, elas SÃO as minhas MELHORES AMIGAS!

"Além disso, tenho CERTEZA que você está LOUCA para convidar o seu gatinho, o Brandon, para o baile!", a Chloe disse, e começou a fazer barulhos de beijos.

"É!", a Zoey sorriu. "Todo mundo viu vocês dois com olhinhos APAIXONADOS na festa de aniversário dele."

Eu mencionei o fato de que às vezes as minhas melhores amigas podem ser ~~um pouco~~ SUPERirritantes?

"Nós NÃO estávamos com olhinhos apaixonados!", eu sussurrei meio que gritando, enquanto ficava vermelha de vergonha.

"Estavam SIM!", a Chloe e a Zoey provocaram.

"NÃO!"

"SIM!"

"NÃO!"

"SIM!"

Parecia que a nossa discussãozinha boba duraria, tipo, UMA ETERNIDADE!

"Certo!", eu disse, finalmente desistindo. "Então, talvez o Brandon e eu tenhamos ficado com cara de apaixonados uma ou duas vezes. Mas não foi de propósito. Na maior parte do tempo." E então eu mudei de assunto rapidinho. "Mas o que estou doida para saber é quem vocês gostariam de convidar para o baile. Vamos, meninas! DESEMBUCHEM!"

A Chloe e a Zoey ficaram muito vermelhas.

"Na verdade, eu estava pensando numa pessoa. Mas, como a gente não vai, acho que isso significa que você NUNCA vai saber!", a Chloe disse toda orgulhosa e riu.

"A mesma coisa comigo!", a Zoey disse, e mostrou alegremente a língua para mim. "EU sei e VOCÊ tem que descobrir!"

← EU

A CHLOE E A ZOEY, MUITO GROSSEIRAMENTE, SE RECUSAM A ME DIZER POR QUEM ESTÃO APAIXONADAS.

Eu mencionei o fato de que às vezes minhas melhores amigas são MUITO CHATAS? Mas era ÓBVIO! Elas estavam apaixonadas pelo Jason e pelo Ryan, dois GDPs, já fazia, tipo, uma ETERNIDADE! DÃ!!

De qualquer forma, apesar de a Chloe e a Zoey estarem realmente ansiosas para ir ao baile, nós três decidimos não ir.

Na verdade, eu fiquei meio aliviada, já que não tinha um par.

Eu decidi não contar a elas sobre todo o fiasco do Burger Maluco e sobre a mensagem do Brandon. Nem que a MacKenzie e ele provavelmente iam juntos ao Baile do Amor.

Para ser sincera, eu nem tinha mais certeza sobre a minha amizade com o Brandon.

Então, eu SURTEI COMPLETAMENTE quando ele foi ao meu armário hoje sendo bonzinho e amigável. Meio como se nada tivesse acontecido entre a gente.

Ele ficou, tipo: "E aí, Nikki! Ah, aliás, sobre o Burger Maluco. Eu só queria dizer que..."

E eu fiquei, tipo: "Sério, Brandon. Não tem problema nenhum. Vamos ESQUECER isso!"

Aí, ele pareceu um pouco surpreso e ficou, tipo: "Espera, eu preciso mesmo me explicar. Eu queria sair com você no fim de semana passado. Mas as coisas ficaram meio doidas. Depois que a MacKenzie foi à minha festa de aniversário, percebi que..."

E eu, tipo: "Eu sei! Você estava superocupado. Mas eu não tenho tempo mesmo para conversar agora. Tenho muitas COISAS para fazer! DESCULPA! Parece familiar?!" Então, eu cruzei os braços e só fiquei olhando para ele com cara de ofendida, tipo, *O QUÊ?!!*

E ele enfiou as mãos nos bolsos e só ficou ME olhando com aquela cara confusa, do tipo, HUM?!!!

Parecia que todo aquele lance de encarar e ficar olhando ia durar, tipo, uma ETERNIDADE.

Por fim, o Brandon deu de ombros. "Hum, tá bom. Acho que é melhor eu ir para a aula. Até mais, Nikki."

E então, ele simplesmente se afastou! Tipo, QUEM faz isso?

Como ele pôde sair bem no meio de uma conversa séria sobre a nossa amizade? Parecia que ele não estava nem aí.

Foi quando a matéria da revista "Como saber se um cara simplesmente *NÃO* está a fim de você" surgiu na minha mente mais uma vez.

Tirei de dentro da mochila e li tudo. Então, risquei mais um item da lista...

4. Quando você tenta conversar sobre o relacionamento, ele simplesmente se afasta.

As coisas tinham ido de MAU a PIOR!

Mas, AI, MEU DEUS! O que o Brandon fez mais tarde foi totalmente inesperado.

Ele me mandou não só uma, mas DUAS mensagens de texto!

Eu recebi um pedido de desculpas profundo e sincero a respeito de todo aquele fiasco do Burger Maluco?

NÃO! MESMO!

* * * * *
DE BRANDON:
&&&&&&kkkkkkkwwwbbbbbbbb@@@
20:12
* * * * *
DE BRANDON:
Desculpa, Nikki! O celular estava no bolso. Por favor, ignore a mensagem que enviei.
20:14
* * * * *

AARRGH ☹!!

Em novembro, formei uma banda chamada Na Verdade, Ainda Não Sei (antes conhecida como Tontolícias), e nós nos apresentamos no show de talentos do Westchester Country Day.

Um dos prêmios era a chance de participar de um reality show chamado...

O programa é produzido pelo famoso produtor de TV Trevor Chase, que também foi o jurado célebre do nosso show de talentos no WCD.

Eu fiquei decepcionada quando o grupo de dança da MacKenzie, Maníacas da Mac, ganhou e a gente não.

Ei, eu simplesmente achei que a minha banda era FANTÁSTICA!

E, aparentemente, o sr. Chase também gostou. Ele disse que o seu reality show era para amadores e iniciantes. Mas ele sentiu que a nossa banda já estava bem afinada e não tiraria vantagem dos ensaios.

Claro que isso foi um elogio ENORME! Mas ficou ainda melhor.

Ele disse que estava interessado em gravar uma música original que a gente tinha escrito e apresentado, chamada "Os tontos comandam!".

Temos que nos encontrar com ele no sábado, dia 8 de fevereiro. Não é O MÁXIMO?!

Então hoje, depois da aula, tínhamos ensaio na casa do Theo.

Sempre foi divertido ficar com a Chloe, a Zoey, a Violet, o Theo e o Marcus. Mas as coisas entre mim e o Brandon estavam meio...
ESTRANHAS ☹!

Ele ficou me olhando com uma cara esquisita o tempo todo. Como se eu fosse um enigma que ele estivesse tentando decifrar, ou alguma coisa assim.

Mas o mais estranho é que parecia que todo mundo estava com um sério ataque de riso. Comecei a me perguntar o que tinham colocado no chocolate quente que estávamos bebendo.

Eu estava tentando conduzir uma reunião séria a respeito do futuro da nossa banda, e todo mundo só ficava rindo e fazendo piadinhas.

Bom, todo mundo menos o Brandon. Ele só continuou me olhando, o que me deixou SUPERnervosa.

"VAMOS, PESSOAL! PAREM DE BOBEIRA!"

De qualquer forma, nosso ensaio foi muito bom. Nós arrasamos totalmente com a nossa música "Os tontos comandam!"...

MINHA BANDA APRESENTANDO
"OS TONTOS COMANDAM!"

Depois do ensaio, notei que a Chloe e o Marcus e a
Zoey e o Theo estavam se PAQUERANDO!!

Foi quando me dei conta de que ELES formavam casais muito FOFOS! A melhor parte foi que o Marcus e o Theo pareciam gostar MESMO da Chloe e da Zoey.

Bem diferentes daqueles dois GDPs nojentos, o Jason e o Ryan. Estava na cara que eles só ficavam perto das minhas melhores amigas para obedecer à MALVADA da MacKenzie. Eles tinham conseguido manipular a Chloe e a Zoey no passado.

Mas eu NÃO vou deixar isso acontecer DE NOVO!

Não sei o que aquela bruxa da MacKenzie está preparando no seu caldeirão. Mas é melhor ela segurar bem aquele chapeuzinho de bruxa se sobrar para mim de novo! POR QUÊ? Porque estou bem CANSADA dela e de seus dois macaquinhos adestrados do mal, o Jason e o Ryan.

MACKENZIE E SEUS MICOS ADESTRADOS
DO MAL, JASON E RYAN

Foi quando a ideia mais FABULOSA de todas surgiu na minha cabeça.

A Chloe e a Zoey com certeza MORRERIAM se eu as surpreendesse com ingressos para o Baile do Amor!

E elas totalmente MERECEM isso. Elas estão SEMPRE me salvando de um desastre ou outro.

Apesar de eu não ir ao baile, não tem motivo para ELAS não irem!

E o Theo e o Marcus seriam os parceiros perfeitos para elas!

^^^^^
ÉÉÉÉÉ ☺!!

Eu não sou BRILHANTE??!!

Quando cheguei em casa, enviei uma mensagem para elas e disse que tinha uma surpresa GIGANTESCA. É claro que elas imploraram para que eu contasse.

Mas eu disse que vou contar amanhã durante a quinta aula, já que trabalhamos juntas como assistentes na biblioteca.

A Chloe e a Zoey são SUPERsortudas por ME terem como melhor amiga!

AINDA não consigo tirar da cabeça a cara triste de cachorrinho confuso do Brandon.

Já que ele está agindo como se estivesse realmente arrependido pelo lance do Burger Maluco, TALVEZ eu pense em comprar ingressos para NÓS também!

☺!!

P.S. Supondo, claro, que ele NÃO vá com a MacKenzie.

QUINTA-FEIRA, 6 DE FEVEREIRO

Eu estava tão animada com a minha GRANDE
surpresa para a Chloe e a Zoey, que mal consegui
tomar café da manhã.

Ainda bem que eu tinha dinheiro para seis ingressos,
já que economizei o que recebi por cuidar da Brianna
e a minha mesada.

Implorei para a minha mãe me deixar na escola dez
minutos antes para poder comprar os ingressos para o
Baile do Amor antes de a Chloe e a Zoey chegarem.

Quando me apressei pelo corredor, passei por um
monte de garotas que, obviamente, tinham acabado
de comprar seus ingressos.

Muitas beijavam os ingressos, enquanto outras apenas
olhavam e riam histericamente. Uma garota rodopiava
e outra dava pulos de alegria.

AI, MEU DEUS! Era como estar no corredor de um
manicômio ou alguma coisa assim!...

Mas a boa notícia é que parecia que ainda havia ingressos DISPONÍVEIS! Uhu!

Mas veja o que aconteceu quando tentei comprar os meus...

Eu não conseguia acreditar na minha FALTA de sorte!

"Não tem mais ingresso?! Tem CERTEZA?!", perguntei desesperadamente.

"Como teremos um serviço de bufê especial durante o baile, tivemos de passar o número de alunos que estarão presentes uma semana antes do evento. Infelizmente, nosso consultor nos telefonou passando o número final há cinco minutos. Então, não podemos vender mais ingressos. Desculpa!", Brittany, a líder de torcida, disse enquanto tirava o cartaz da parede.

"Que MARAVILHA!", eu resmunguei.

Então, eu me virei e atravessei o corredor até o banheiro feminino mais próximo.

Eu me tranquei numa cabine e esperei o banheiro ficar totalmente vazio. Então, de um modo muito CALMO e MADURO, fiz o que qualquer garota normal faria se estivesse na mesma situação...

Dei um belo GRITO ☹...!

Por algum motivo bem estranho, isso sempre faz com que eu me sinta muito melhor ☺!

Mas agora eu tinha um NOVO problema.

A Chloe e a Zoey estavam esperando a surpresa ENORME.

E AGORA eu não tinha nada para dar a elas!!

O que significava que elas ficariam SUPERdecepcionadas.

ISSO seria TERRÍVEL!!

Vasculhei meu armário, tentando encontrar algo que pudesse dar.

Um sanduíche embolorado de pasta de amendoim?

Meu moletom com capuz que não-é-do-shopping e cheio de bolinhas?

Uma caixa de lenços de papel aberta?

Um gloss labial usado pela metade?

Minha situação era desesperadora!

Talvez eu pudesse dar a elas algo muito incomum.

Para mim, pelo menos.

Algo que exigisse honestidade, integridade e maturidade.

Tipo, talvez... a VERDADE?!

"Sinto muito mesmo, Chloe e Zoey, mas, como surpresa, tentei comprar ingressos para o Baile do Amor para vocês duas, só que eles já tinham acabado"?

SEM CHANCE!!

Infelizmente, honestidade, integridade e maturidade NÃO são meus pontos fortes.

Então, em vez disso, eu decidi simplesmente fingir dando a elas uns lixos do meu armário...

SURPRESA! CHLOE E ZOEY, COMO SÍMBOLO
DO QUANTO VALORIZO A NOSSA AMIZADE,
GOSTARIA DE DAR A VOCÊS ESTA CAIXA
DE LENÇOS DE PAPEL E UM GLOSS
LABIAL PELA METADE!

Claro que as duas acharam que eu estava doida.
Elas trocaram olhares e, então, olharam para suas
surpresas, e voltaram a se entreolhar e olharam para
mim, e de novo para as surpresas. E mais uma vez se
entreolharam.

Por fim, a Zoey forçou um sorriso e disse: "Nikki!
Hum, obrigada. Não precisava!"

Mas a Chloe NÃO acreditou. "É, Nikki. Ela tem razão! Não precisava MESMO! É brincadeira, né? Por favor, diga que esta não é a surpresa da qual você estava falan..." Foi quando a Zoey deu um chute na canela da Chloe para que ela se calasse.

"A gente adorou nosso presente! Não é, Chloe?", a Zoey perguntou, olhando para a Chloe com um sorriso falso.

"Vou adorar se isso significar que você não vai me CHUTAR de novo!", a Chloe resmungou, ainda esfregando a canela.

Abri um sorriso falso. "Hum, de nada! APROVEITEM!"

E SIM! Eu fui uma completa idiota por enganar minhas amigas daquele jeito.

E agora estou me sentindo MUITO culpada.

Não acredito que dei para as minhas melhores amigas uma caixa aberta de LENÇOS e um GLOSS LABIAL!

Tipo, QUEM faz ISSO?

Eu sou uma completa FRACASSADA!

Eu não gostaria nem de ser MINHA AMIGA ☺!

Infelizmente, meu dia não melhorou.

Quando cheguei em casa, tinha mais notícias ruins me esperando.

Trevor Chase tinha telefonado para dizer que precisava remarcar para o mês seguinte. Ele está produzindo um especial de televisão para a Lady Gaga e teria de ficar em Nova York por mais três semanas.

Então agora minha banda e eu NÃO VAMOS encontrá-lo no sábado para falar sobre a gravação da nossa canção original.

Minha carreira empolgante como ESTRELA POP podre de rica e internacionalmente famosa terminou antes de começar.

Assim é o showbiz!

☹!!

Fiquei um pouco preocupada quando vi um bilhete da Chloe e da Zoey no meu armário hoje de manhã.

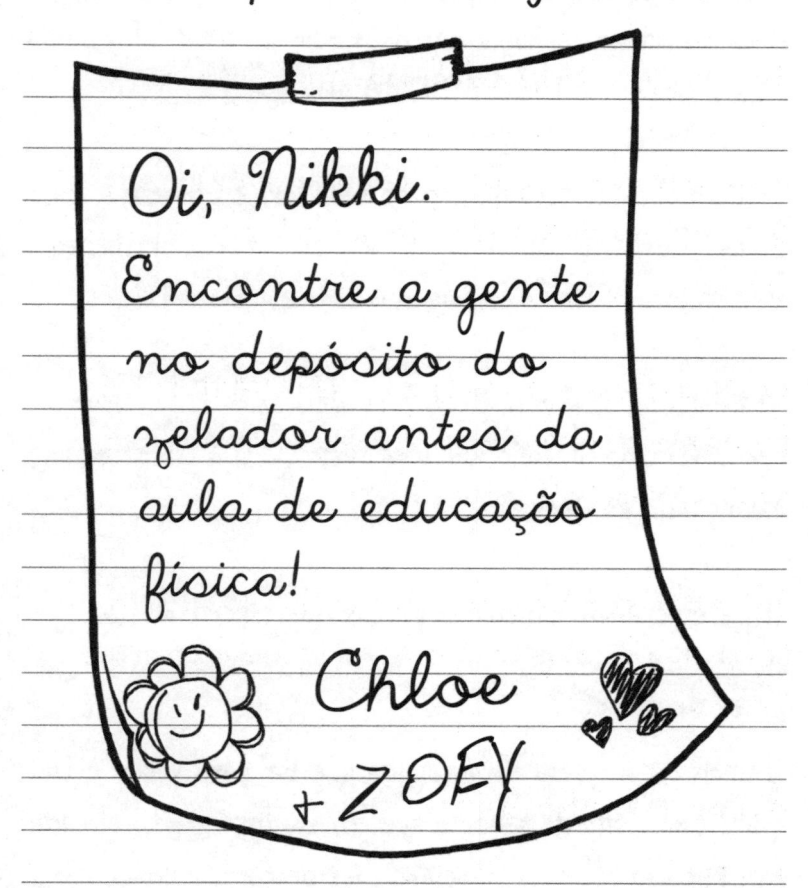

Oi, Nikki.

Encontre a gente no depósito do zelador antes da aula de educação física!

Chloe + ZOEY

Depois de dar aqueles "presentes" malucos ontem, imaginei que elas tinham decidido que eu era ESQUISITA DEMAIS para ser amiga delas.

Provavelmente elas estavam bravas comigo e exigiriam tanto uma explicação quanto um pedido de desculpas pelo meu comportamento bizarro de ontem.

E eu não culpo nenhuma das duas nem um pouco. Eu ainda estava brava COMIGO MESMA pelo que fiz.

Quando cheguei ao depósito do zelador, a Chloe e a Zoey já estavam ali. Mas, em vez de estarem irritadas, elas estavam SUPERempolgadas com alguma coisa.

"Adivinha só, Nikki! A Zoey e eu decidimos fazer algo bem divertido. É meio que uma surpresa!", a Chloe disse, balançando as mãos.

"É, e esperamos tanto tempo que quase perdemos a chance!", a Zoey riu.

"Depois da surpresa esfarrapada que fiz para vocês, estou quase com medo de saber o que é!", eu disse, muito aliviada por elas não estarem planejando me descartar como amiga.

"Certo, agora feche os olhos!", a Chloe disse. E então as duas gritaram...

"SURPRESA!!"

Quando abri os olhos, eu meio que estava esperando levar um balde de água na cabeça como castigo por ter dado aqueles presentes de mau gosto para elas.

Então, percebi que elas estavam segurando uma coisa...

INGRESSOS PARA O
BAILE DO AMOR
☺!!

Fiquei boquiaberta. "AI, MEU DEUS! CHLOE! ZOEY! Vocês têm ingresso para o baile? Vocês DUAS decidiram ir? Estou TÃÃÃOOOO FELIZ por vocês!", eu soltei. "Ontem, eu também tentei comprar ingressos para a gente, mas tinham esgotado! Essa seria a minha surpresa DE VERDADE!"

Mas, no fundo, eu me senti um pouco triste, porque eu queria muito que todas nós fôssemos ao baile juntas. Nosso sonho romântico de fazer um encontro triplo teria FINALMENTE se tornado realidade!

Mas não é que eu estivesse com inveja delas nem nada disso. Porque, né, ISSO seria superimaturo.

"Uau! VOCÊ tentou mesmo comprar ingressos para A GENTE?!", a Zoey exclamou. "Bom, Nikki..."

"NÓS COMPRAMOS INGRESSOS PARA VOCÊ!"

AI, MEU DEUS! Eu fiquei TÃO chocada e surpresa quando elas me entregaram meus ingressos para o Baile do Amor.

A Chloe já tinha convidado o Marcus, e ele disse SIM!
E a Zoey já tinha chamado o Theo, e ele disse SIM!

Então agora eu só preciso reunir coragem suficiente para
convidar o Brandon! E REZAR para que ele ainda não
tenha aceitado ir com a MacKenzie.

Tenho que admitir, ando tratando mal o Brandon.
E todas as vezes em que ele tentou explicar o que
aconteceu ou pedir desculpas, eu acabei com ele.
Mas, acima de tudo, eu fiz isso porque estava muito
frustrada por ver que as coisas não estavam saindo do
jeito que eu esperava.

Então, na segunda-feira, eu pretendo me esforçar mais
para tentar consertar as coisas entre nós.

O Baile do Amor vai ser DEMAIS! E a Chloe e a Zoey
são as melhores amigas DE TODOS OS TEMPOS!

ÊÊÊÊÊ!!! ☺!!

Eu tinha acabado de chegar do colégio quando recebi
mais uma mensagem do Brandon...

* * * * *

DE BRANDON:

Ocupado na Amigos Peludos dando banho em um cachorro
fedorento de pelos compridos e pensei em você ☺.
16:57

* * * * *

Certo, estou muito feliz por saber que o Brandon estava
pensando em mim e tudo. Mas eu realmente faço com que ele
se lembre de um cachorro fedorento de pelos compridos?!!!

* * * * *

DE NIKKI:

Oi, Brandon. Obrigada! Eu acho...
16:59

* * * * *

GRRRRRR!!

AI, MEU DEUS! Eu acabei de rosnar como um
CACHORRO?!

Tenho que admitir, ultimamente o Brandon parece estar
sempre muito ocupado.

Se não é na Amigos Peludos, é no jornal ou em algum projeto de fotografia importante.

É como se ele não tivesse mais tempo para mim.

Peguei minha mochila e puxei aquela matéria da revista, "Como saber se um cara simplesmente *NÃO* está a fim de você!"...

E como eu suspeitava...

3. De repente, passa a estar sempre muito ocupado para te ver.

Mais uma que combinava!

Risquei o número 3 da lista.

NADA bom!

Tá certo, agora estou começando a temer que o nosso relacionamento esteja CONDENADO!

☹!!

SÁBADO, 8 DE FEVEREIRO

A última coisa que eu queria era levar a Brianna ao parque Reino Doce no shopping. Mas a minha mãe tinha convidado algumas mulheres para o clube do livro e pediu para uma certa pessoa levar a Brianna para passear, assim ela não teria de enfrentar o caos dentro de casa.

Esse "alguém" concordou em ajudar, mas o plano secreto dele era se divertir com os amigos na pista de boliche e deixar a Brianna no shopping com a sua pobre e inocente irmã mais velha.

Claro que eu fiquei totalmente revoltada e gritei: "PAI, ISSO QUE VOCÊ FEZ COMIGO FOI UMA COISA MUITO ESTÚPIDA!! VOCÊ DEVIA SE ENVERGONHAR!" Mas eu disse isso dentro da minha cabeça, então só eu mesma escutei.

Eu sentei num banco na frente do Reino Doce e tentei escrever no meu diário. Fiquei olhando a Brianna escorregar na torre do castelo, se jogar na piscina de bolinhas e brincar no pula-pula até meus olhos ficarem vidrados.

AI, MEU DEUS! Eu estava TÃO entediada que tive vontade de agarrar um daqueles enormes pirulitos de plástico e bater em mim mesma até ficar inconsciente e assim colocar fim ao meu sofrimento...

Para piorar as coisas, o lugar estava decorado com zilhões de CORAÇÕES!

O que, infelizmente, me fez lembrar que o Baile do Amor iria acontecer em APENAS uma semana e eu AINDA precisava reunir coragem para convidar o Brandon.

QUE MARAVILHA ☹!

Eu estava prestes a pegar o pirulito gigante quando vi a nossa vizinha, a sra. Wallabanger.

"Oi, Nikki, querida!", ela disse alegremente. "Que surpresa boa ver você aqui! Como estão seus pais?"

"Oi, sra. Wallabanger. Meus pais estão muito bem. E a SENHORA, como SE SENTE?"

O sorriso da sra. Wallabanger sumiu depressa. "Está dizendo que seus pais estão DOENTES? Valha-me Deus!" Ela balançou a cabeça, cheia de pena. "Ouvi dizer que uma gripe terrível está pegando as pessoas por aí."

Apesar de usar aparelho auditivo, a sra. Wallabanger ainda tinha MUITA dificuldade para escutar. Ela normalmente entendia errado 90% das coisas que eu dizia.

Então, na maior parte do tempo, eu apenas concordava com o que ela falava e não tentava corrigi-la. Apesar de ela ser um pouco excêntrica e muito mal-humorada às vezes, no fundo é uma boa pessoa.

"Bem, diga a sua mãe que vou levar um pouco da minha famosa canja, tudo bem, querida?"

"Hum... tudo bem", respondi sem jeito.

"Ah! E antes que eu me esqueça, quero apresentar você e a Brianna ao meu neto", ela disse.

Foi quando notei o garotinho bem lindo atrás dela. Ele devia ter a mesma idade da Brianna.

Ele percebeu que eu estava olhando para ele e timidamente escondeu o rosto...

A SRA. WALLABANGER ME APRESENTANDO
AO SEU NETO

"Brianna!", fiz um gesto para que ela se aproximasse. "Venha dar um oi para o neto da sra. Wallabanger!"

"Que neto?", ela perguntou, olhando ao redor. "Ele é invisível?"

"Meninas, quero que conheçam o Oliver", a sra. Wallabanger disse. "Não seja tímido, Oliver. A Nikki e a Brianna não mordem."

Segurei a Brianna com firmeza pelos ombros. Eu não mordo. Mas, com ela, nunca se sabe. O Oliver viu a Brianna e saiu do seu esconderijo.

"Oi, neto da sra. Wallabanger!", a Brianna disse animada. Ela abriu um sorrisão para ele e estendeu a mão.

Mas ele só olhou para ela e para a mão dela, surpreso. De repente, ele tirou algo do bolso e colocou na mão. Era uma meia esportiva. Tinha vários furinhos e um monte de manchas de sujeira.

Um par de olhos salientes tinha sido costurado na meia, e um nariz grande de botão estava preso por um fio meio solto.

"Sou o Oliver, e o meu amigo sr. Botões acha que sua mão tem cheiro de Cheetos", ele disse, levantando seu boneco de meia.

"É porque a Bicuda e eu comemos um pouco de salgadinho no almoço", a Brianna respondeu e lambeu o pó laranja e pegajoso dos dedos. "Humm... queijo! Quer experimentar?"

Ela enfiou a mão melecada na cara do Oliver.

"QUE NOJO!" Ele franziu o nariz e empurrou a mão dela para longe. "MENINAS DÃO SAPINHO!"

"Bom, você tem mais sapinhos do que eu, seu BOBÃO!", a Brianna gritou de volta.

A sra. Wallabanger parecia totalmente confusa.

"O que é que vocês estão falando sobre LANCHINHO E MACARRÃO?"

"Hum, na verdade, o Oliver e a Brianna estavam só... hum... tendo uma conversa amigável sobre seus alimentos preferidos", eu menti.

"Bem, Nikki, querida, posso lhe pedir um grande favor? Preciso dar uma passada na loja Barracão do

Rádio para ver se eles têm baterias para o aparelho do ouvido. Quero deixar algumas de reserva, porque sem o aparelho não consigo escutar nadinha. Você pode dar uma olhada no Oliver até eu voltar?"

"Claro", respondi. "Não se apresse. A Brianna e o Oliver podem se conhecer melhor."

"Obrigada. Você é um docinho!" Ela sorriu e beliscou minha bochecha. "Volto num piscar de olhos."

"Brianna, seja boazinha com o Oliver, tá?", eu disse. "Por que vocês dois não vão brincar juntos?"

"Não quero brincar com esse esquisito!", ela gritou. "Olha! Ele está segurando um boneco! Além disso, a Bicuda é a minha melhor amiga, e eu só brinco com ELA!"

"Bom, eu também não quero brincar com VOCÊ!", o Oliver falou. "O sr. Botões é o melhorzão e mais espertão de todos os amigos do mundo! E ele também é astronauta!"

"Bom, a Bicuda é uma super-heroína como a princesa de pirlimpimpim. E ela salva o mundo da fada malvada dos dentes!", a Brianna se gabou.

Os olhos do Oliver se arregalaram, parecia que ele tinha visto um fantasma.

"Você disse fa-fada malvada dos dentes?!", ele gaguejou. "Uma vez, eu engoli meu dente para que ela não viesse atrás de mim. Essa fada é LOUCA!"

"Você fez isso TAMBÉM?!", a Brianna perguntou, surpresa.

Eles conversaram mais e mais sobre a fada dos dentes, dinossauros, princesa de pirlimpimpim e bolo de chocolate durante, tipo, uma eternidade.

E olha isso!

Em pouco tempo, a Bicuda e o sr. Botões também começaram a participar daquela conversa muito esquisita.

Os quatro agiam como se fossem melhores amigos!

OLIVER, BRIANNA, SR. BOTÕES E BICUDA
NUM BATE-PAPO DESCONTRAÍDO

Todas aquelas risadinhas e toda aquela afeição eram
adoráveis! Apesar de envolver duas criancinhas MUITO
esquisitas. E seus bonecos falantes ainda mais esquisitos.

Se eles começassem a brincar juntos com frequência, eu sofreria com amigos imaginários detestáveis, fortes dores de cabeça, móveis quebrados, incêndios na cozinha e colapsos nervosos EM DOBRO! Não... QUATRO vezes mais! Comecei a suar frio só de pensar nisso.

"Voltei!", a sra. Wallabanger anunciou. "Foi muito gentil de sua parte cuidar do meu neto. Aproveitem o resto do dia, meninas. Agora vamos, Oliver."

O Oliver saiu correndo atrás da avó e segurou a mão dela.

"Tchau, Bicuda!", o ~~Oliver~~ sr. Botões gritou enquanto Oliver balançava a mão.

"Tchau, sr. Botões!", a ~~Brianna~~ Bicuda gritou com sua boca grande.

Quando a sra. Wallabanger e o Oliver foram embora, abri um sorriso diabólico para a Brianna...

"PARA OU VOU CONTAR PRA MAMÃE!", ela gritou. Ela estava muito vermelha, e eu não conseguia parar de rir.

Foi uma DOCE vingança por todas as vezes em que a Brianna tinha me envergonhado na frente do Brandon!

"Se eu não te conhecesse muito bem, eu diria que alguém aqui está apaixonada pela primeira vez!", provoquei.

"Eu não!", a Brianna gritou. "Mas pode ser que a Bicuda tenha gostado um pouquinho do sr. Botões porque os dois amam bolo de chocolate. Ela me pediu para não contar pra ninguém, então você precisa prometer que vai guardar segredo!"

"Tudo bem, eu prometo", eu disse, e dei um abração nela.

Então, talvez a ideia de a Brianna estar apaixonada não seja tão repugnante assim.

Afinal, sou uma garota romântica.

Já consigo imaginar como vai ser o casamento deles. A Brianna estaria usando um vestido da princesa de pirlimpimpim e o Oliver, uma roupa gigante de astronauta...

O CASAMENTO DE BRIANNA E OLIVER

105

O banquete "gourmet kids" do casamento incluiria petiscos de jujuba, miojo, nuggets de frango, bolachinhas em formato de urso, suco de caixinha e um bolo de cinco camadas com recheio de chiclete.

Não seria muito FOFO?

Ei, até mesmo pequenas PSICOPATAS como a Brianna precisam de amor!

☺!

DOMINGO, 9 DE FEVEREIRO

Já estou TEMENDO ter que ir para o colégio amanhã.

Por quê?

Porque teremos um teste para mostrar nossa habilidade em boiar na aula de natação.

Ei, se o ser humano fosse feito para boiar, nós seríamos de plástico. E, em vez de umbigo, teríamos um buraquinho por onde poderíamos ser inflados, como um pneu. Só tô dizendo!

Sempre que tento nadar na parte funda da piscina, eu vou parar lá embaixo!

Como uma pedra de cem quilos.

Mas essa não é a pior parte!

Você faz ideia das coisas nojentas que foram parar no fundo das piscinas?

Parece uma seção de achados e perdidos dentro da água...

EU, OLHANDO PARA TODO O LIXO
NO FUNDO DA PISCINA

O que eu preciso mesmo é de uma carta de dispensa que outros alunos e eu possamos usar para sermos dispensados da aula de natação...

CARTA DE DISPENSA
DA AULA DE NATAÇÃO

DE: _____

PARA: _____

Assunto: Dispensa médica da aula de natação

Devido a

☐ enorme tristeza

☐ uma dor de cabeça horrível

☐ pedaço de comida no dente

☐ chulé

informo que estou incapacitado de participar da aula de natação de hoje. Ontem à noite, descobri que tenho muita alergia a

☐ bolinho de carne da minha mãe.

☐ caca do nariz do meu irmãozinho.

☐ maioria dos insetos rastejantes.

☐ água.

Depois de engolir uma pequena quantidade,
eu fiquei muito

☐ nervoso

☐ zonzo

☐ gripado

☐ confuso

e, sem querer, caí

☐ dentro da banheira

☐ escada abaixo

☐ de amores

☐ numa cova de serpentes

e acabei com meu

☐ fígado.

☐ traseiro.

- □ nariz.
- □ dedinho do pé.

Devido ao enorme trauma que sofri, de repente e sem esperar, eu acabei entrando
- □ em um show de talentos.
- □ em um armário para me esconder da fada do dente.
- □ numa fria.
- □ no quarto da minha irmã para gritar com ela.

Fui levado às pressas de ambulância para o hospital, onde o médico disse que eu tive sorte por não ter morrido. Aparentemente, exposição a uma grande concentração de
- □ saliva
- □ bactérias
- □ doenças
- □ sujeira de umbigo

encontrada na água da piscina pode ser
mortal e causar uma infecção grave e um
caso severo de
- ☐ pernas muito peludas.
- ☐ síndrome do intestino irritável.
- ☐ dança do pintinho histérico.
- ☐ vômito.

Claro que estou
- ☐ totalmente arrasado
- ☐ surpreso e chocado
- ☐ confuso e perdido
- ☐ completamente abismado

com essas notícias assustadoras. Por precaução,
meu médico me mandou evitar a água da piscina
por pelo menos
- ☐ uma semana.
- ☐ um mês.
- ☐ um ano.
- ☐ uma década.

Obrigado por entender a minha situação e
por ser tão incrivelmente

☐ compreensivo.

☐ feio.

☐ ingênuo.

☐ tolo.

Atenciosamente,

_____

Eu não sou BRILHANTE?!!

☺!!

SEGUNDA-FEIRA, 10 DE FEVEREIRO

NÃO ESQUECER: O BAILE DO AMOR VAI ACONTECER EM QUATRO DIAS ☺!! CONVIDAR O BRANDON LOGO!

Ontem à noite, vasculhei a garagem e encontrei uma caixa grande de brinquedos velhos da Brianna que foram guardados quando ela era bebê. Ei, eu estava desesperada!

Mas a boa notícia é que encontrei uma boia muito fofa que serviu perfeitamente na minha cintura.

Desde que eu não tentasse respirar.

E, dentro da mesma caixa, havia um maiô SUPERvelho que a minha avó usava quando era garotinha.

Eu achei que estava bem bonita quando saí rumo à piscina para a aula de natação.

Até que a Chloe engasgou, a Zoey cobriu os olhos e todos os demais ficaram me encarando.

SIERRA, O CAVALO-MARINHO, E EU NOS PREPARANDO PARA O MEU TESTE

A MacKenzie só me olhou de cima a baixo como se nunca tivesse visto um maiô com PERNAS. Ou Sierra, uma boia pink com coraçõezinhos roxos no formato do filhote de cavalo-marinho da princesa de pirlimpimpim!

Quer dizer, ONDE essa garota esteve durante toda sua vida?

Dentro de uma CAVERNA?!!

Então, a MacKenzie piscou para mim toda inocente e fez um comentário muito ofensivo na frente do grupo todo.

"Humm, com licença, Nikki. Mas a aula para bebês é amanhã às quatro da tarde, NÃO hoje."

É claro que todo mundo deu risadinhas.

Eu NÃO podia acreditar que aquela garota teve a coragem de insinuar publicamente que eu era um bebê!

"Puxa! Obrigada, MacKenzie, pela informação!", eu disse de um jeito muito meigo. "Agora, pule na parte funda da piscina, engula trinta litros de água e EXPLODA!"

E é claro que a minha professora de natação não ajudou nem um pouco. Ela disse que eu não podia entrar na piscina com a minha boia de cavalo—marinho porque boias NÃO eram permitidas.

Mas eu não vi essa regra colada na parede. Estava escrito apenas:

REGRAS DA PISCINA DO WCD

1. NÃO correr!

2. NÃO comer!

3. NÃO fazer brincadeiras bruscas!

4. NÃO urinar na piscina!

De qualquer forma, eu devo ter tomado um café da manhã gigante ou alguma coisa assim, porque quando tentei tirar aquela coisa, aquele cavalo—marinho idiota ficou PRESO! Nem mesmo a Chloe e a Zoey conseguiram me ajudar...

POR FAVOR, ME AJUDEM!

AAH!

UI!

A CHLOE E A ZOEY TENTANDO ME AJUDAR A TIRAR A BOIA

E como eu mal conseguia respirar, comecei a ter umas alucinações muito ESQUISITAS. Eu me vi:

Sentada ao lado do Brandon na aula de biologia, vestindo aquela boia de cavalo-marinho.

No Baile do Amor usando aquela boia de cavalo——marinho.

Na formatura do ensino médio usando aquela boia de cavalo-marinho.

119

Indo para a faculdade com aquela boia de cavalo-
-marinho.

No meu casamento, usando aquela boia de cavalo-
-marinho.

E dando à luz meu primeiro filho com aquela boia de
cavalo-marinho.

AI, MEU DEUS! Parecia que eu ia ficar PRESA
naquela boia de cavalo-marinho pelo RESTO DA VIDA!

Foi quando perdi o controle e comecei a GRITAR
histericamente.

Ou, por causa da falta de oxigênio, talvez eu estivesse
apenas TENDO ALUCINAÇÕES de que gritava
histericamente. Não posso afirmar com certeza, já que
eu estava bem confusa.

Foi quando a minha professora de educação física
chamou o zelador e pediu que ele viesse O MAIS
RÁPIDO POSSÍVEL porque era uma emergência.

Ele teve que cortar a boia de cavalo-marinho com aquelas tesouras gigantes de metal. O que me deixou supernervosa.

Um pequeno CORTE acidental e eu poderia perder um braço ou uma perna ou alguma coisa assim.

Ei, isso podia acontecer! Eu JÁ TINHA perdido uma mecha de cabelo por causa da Brianna só oito dias antes.

De qualquer forma, a boa notícia é que depois que o zelador finalmente tirou aquela coisa, eu comecei a respirar de novo.

AI, MEU DEUS! Eu me senti TÃO melhor depois que o fiasco do cavalo-marinho acabou!

Mas o mais surpreendente foi que a professora de educação física me deu uma nota razoável no teste pelo "Bom esforço!". Principalmente porque ela disse que já tinha vivido DRAMA suficiente para um único dia e NÃO QUERIA me ver na piscina colocando em risco a MINHA vida, a vida DELA e a vida dos outros ALUNOS da aula.

Fiquei SUPERfeliz porque as coisas ficaram tão bem! ☺!

Bom, eu ainda tinha que descobrir como eu iria convidar o Brandon para o Baile do Amor.

Eu não fazia ideia de como as outras garotas do colégio tinham tido coragem suficiente para convidar seus paqueras para o baile.

Acho que a grande diferença é que sou covarde e fraca, e, só de pensar que o Brandon podia dizer não, eu ficava apavorada.

Decidi fazer uma abordagem direta: ir atrás dele na sala do jornal. E simplesmente... FAZER O CONVITE.

Quer dizer, isso não poderia ser difícil, né?

EXTREMAMENTE ☹!!

Minha boca estava seca, meus joelhos tremiam e meu estômago estava cheio de borboletas violentas.

E isso foi só de pensar na situação.

Mas parece que o Brandon e o resto da equipe de fotografia estavam em uma excursão de dois dias visitando um jornal da região. Então, a minha única opção era falar com ele sobre o baile quando ele voltasse, na quarta-feira.

AINDA não consigo acreditar que passei no teste de natação!

UHUUUU!

☺!!

TERÇA-FEIRA, 11 DE FEVEREIRO

NÃO ESQUECER: O BAILE DO AMOR VAI ACONTECER EM TRÊS DIAS ☺!!

Eu simplesmente ODEIO comprar o cartão do Dia de São Valentim com a Brianna. É o mesmo DRAMA todos os anos.

"Mas eu quero comprar o cartão da princesa de pirlimpimpim para o Dia de São Valtim!", a Brianna resmungou.

Minha mãe me deixou com a Brianna na entrada principal do shopping enquanto procurava uma vaga para estacionar.

"É V-A-L-E-N-T-I-M! Não Valtim!", eu disse.

"Se eu não comprar meus cartões da princesa de pirlimpimpim, vou chorar no era uma vez de uma terra distante, para todo o sempre, fim!", ela choramingou.

"Bom, a não ser que você queira que eu te largue na seção de achados e perdidos do shopping, é melhor você NÃO chorar para todo o sempre!", murmurei.

"NA VERDADE, ENCONTREI ESTA GAROTINHA FAZENDO BIRRA DENTRO DO SHOPPING..."

"De qualquer modo, é só um cartão bobo que as crianças da sua classe vão jogar fora assim que abrirem! Pra que tanta frescura?", resmunguei.

"Quero o meu cartão de São Valtim da princesa de pirmlimpimpim! AGORA!", a Brianna gritou.

Procuramos aqueles benditos cartões do Dia de São Valentim da princesa de pirlimpimpim a tarde toda. E nove lojas, cinco chiliques e uma enxaqueca depois, nós AINDA não tínhamos encontrado nenhum. Estava esgotado em todas as lojas!

Pelo menos, o shopping estava preparado para a guerra. Vendedores de todas as lojas estavam estrategicamente posicionados diante de todas as vitrines de Dia de São Valentim segurando caixas de lenços para as crianças que começavam a chorar quando descobriam que não havia mais nenhum cartão da princesa de pirlimpimpim de Dia de São Valentim.

Foi péssimo ver como a maioria das lojas tirou proveito da situação e montou vitrines enormes com outros produtos da princesa de pirlimpimpim...

127

Ficou bem evidente que eles estavam esperando que os monstrinhos traumatizados comprassem os outros quarenta e nove produtos.

Havia sabonete líquido da princesa de pirlimpimpim, loção corporal, xampu, pasta de dente, vitaminas, band-aid, doces, maquiagem de mentirinha, chiclete, cereal, barrinhas de cereal, pasta de amendoim, bonecas, jogos de tabuleiro, roupas, comida de cachorro etc.

Basicamente, qualquer coisa que você pudesse imaginar, eles tinham.

Em algum lugar, numa ilha distante, provavelmente existe uma fábrica secreta onde duendes roxos e gordos, com sapatos pontudos, cabelos de algodão-doce e olhinhos assustadores criam produtos da princesa de pirlimpimpim sem parar. Meio como o tal Willy Wonka e a fábrica de chocolate.

Obviamente, quando a Brianna não encontrou os cartões da princesa de pirlimpimpim, ela logo se transformou em uma pilha de nervos chorona, escandalosa e com caca escorrendo pelo nariz.

Mas o que eu não conseguia entender era como as vendedoras podiam se manter tão calmas no meio de todo aquele caos!

Havia menininhas chorando, gritando, berrando e se esgoelando por todos os lados.

Como elas conseguiam simplesmente ficar ali sorrindo com calma em meio àquele barulho estridente de doer os ouvidos enquanto quinhentas crianças de 5 anos faziam birra ao mesmo tempo?

Fiquei impressionada.

Até perceber qual era a arma secreta.

PROTETORES DE OUVIDO!

Sim!

Que DANADINHAS!

Todas as vendedoras usavam protetores de ouvido para proteger a audição E a sanidade!!

De qualquer forma, minha mãe e eu ficamos exaustas depois das compras, e a Brianna estava descontrolada emocionalmente.

No carro, voltando para casa, tive uma ideia BRILHANTE!

"Brianna, o que você acha de eu mesma fazer os seus cartões da princesa de pirlimpimpim para o Dia de São Valentim? Sou uma boa artista, tenho certeza que você vai amar."

A Brianna imediatamente parou de chorar e olhou para mim com desconfiança, como se eu estivesse tentando vender a ela um terreno pantanoso na praia — bem baratinho!

"Mas se VOCÊ fizer, eles não vão ser VERDADEIROS cartões da princesa de pirlimpimpim do Dia de São Valtim!", ela se aborreceu.

Foi quando a minha mãe piscou para mim. "Brianna, querida, tenho uma ótima ideia! O que você acha de, enquanto a Nikki faz seus cartões, comer uma bela tigela de cereal da princesa de pirlimpimpim no jantar?"

Os olhos da Brianna se iluminaram. "Cereal da princesa de pirlimpimpim! NO JANTAR? ISSO seria DIVERTIDO!", ela riu.

Mas, de repente, o humor da Brianna mudou e ela começou a fazer bico de novo.

"Mas, mamããããeeee! Comi o resto que tinha de cereal da princesa de pirlimpimpim hoje de manhã. E não temos mais leeeeeite", ela chorou com tristeza.

Minha mãe rapidamente deu meia-volta com o carro bem no meio da rua e eu tentei preservar minha vida. FFUIIIMMMM!! (Esse foi o barulho dos nossos pneus!)

"Então, vou passar no mercado e você e a Nikki podem entrar e comprar cereal e leite! O que acha?", minha mãe perguntou animada.

"Bem... tudo bem, eu acho", a Brianna fungou com tristeza.

Quando estávamos dentro do mercado, segurei a mão da minha irmã para que ela não se perdesse ou se metesse em confusão. Então, seguimos em direção ao corredor de cereal.

"Humm! Vamos ver...", eu murmurei para mim mesma enquanto batia o dedo no queixo. "Cereal da princesa de pirlimpimpim com marshmallows coloridos, cereal da princesa pirlimpimpim com pó mágico, cereal da princesa de pirlimpimpim com bolinhas brilhantes e, finalmente, cereal da princesa de pirlimpimpim com tiara que brilha no escuro..."

EU, TENTANDO DECIDIR QUAL CEREAL
COMPRAR ENQUANTO CUIDAVA DA BRIANNA
(MAIS OU MENOS)

Havia tantas opções que eu não consegui decidir.

"Brianna, qual você quer?", perguntei enquanto me virava.

Foi quando descobri que ela tinha desaparecido do nada!

Mas NÃO FOI a primeira vez. Comecei a suar frio ao me lembrar da última vez em que perdi a Brianna, no balé *O Quebra-Nozes*.

"NÃÃÃÃÃOOOOO!!! DE NOVO NÃO!!", gritei enquanto me apressava pelo corredor. "BRIANNA...!!"

De repente, eu a avistei!

Ela tinha feito uma pilha de produtos no chão e subido em cima deles.

E se equilibrando perigosamente na ponta dos pés, ela estava tentando pegar um produto na prateleira mais alta de um display colorido. E foi isso o que aconteceu...

Bom, havia notícias boas e ruins.

A boa era que a Brianna não se machucou.

A ruim foi que achei que meu baço tinha sido perfurado ou alguma coisa assim.

Ou talvez tenha sido só o chute que a Brianna me deu na barriga com sua bota de neve da princesa de pirlimpimpim quando caiu em cima de mim.

De qualquer modo, a busca anual pelo cartão da princesa de pirlimpimpim do Dia de São Valentim tinha finalmente terminado.

E eu tinha conseguido sobreviver por mais um ano.

APENAS com o baço perfurado.

UHU!

☺!

QUARTA-FEIRA, 12 DE FEVEREIRO

NÃO ESQUECER: O BAILE VAI ACONTECER EM DOIS DIAS ☺!! CONVIDAR O BRANDON! É AGORA OU NUNCA!!

Hoje, todo mundo estava cochichando sobre quem seria coroada a Princesa do Amor.

Os alunos podem votar em qualquer garota do oitavo ano. E as meninas que querem muito ser coroadas (como a MacKenzie) estavam colando cartazes pelo colégio. Todos os alunos votam durante a aula no dia 14 de fevereiro, e a vencedora vai ser anunciada à noite, no baile.

De acordo com as últimas fofocas, todo mundo tinha certeza que a MacKenzie ia vencer. Principalmente a própria MacKenzie!

AI, MEU DEUS! Essa garota é tão FÚTIL!

Durante todo o dia, ela estava sendo supersimpática com todo mundo, dando doces em formato de coração e conselhos de moda para convencer as pessoas a votar nela.

Mas, tenho que admitir, os cartazes dela são
SUPERFOFOS...!

CARTAZES
SUPERFOFOS DA →
MACKENZIE

Eu _MESMA QUASE_ senti vontade de votar nela!
SÓ QUE NÃO! ☺!!

De qualquer forma, HOJE seria o grande dia!

Durante a aula de biologia eu FINALMENTE
convidaria o Brandon para ir ao Baile do Amor
comigo.

AI, MEU DEUS! Eu estava uma pilha de nervos!

E sim! Eu sabia que havia possibilidade de ele já ter
aceitado o convite da MacKenzie. Mas eu não tinha
nada a perder.

Engoli o almoço. Então, corri para o banheiro
feminino e ensaiei no espelho o que eu ia dizer a ele...

"Brandon, eu sei que é um convite meio de última
hora e tal, mas eu adoraria que você me levasse ao
Baile do Amor!"

No banheiro, saiu tudo PERFEITO!

Mas, quando eu tentei chamar o Brandon, me distraí totalmente com todas as coisas que estavam acontecendo na aula...

AI, MEU DEUS! Aquela prova foi um completo DESASTRE!! Nós tínhamos que desenhar o ciclo de Krebs, e eu com certeza SABIA a resposta.

Mas fiquei tão APAVORADA com todo o fiasco de convidar-o-Brandon-para-o-Baile-do-Amor que me deu um branco e não consegui me lembrar de nada. Então, simplesmente desenhei a primeira coisa que surgiu na minha cabeça...

144

Infelizmente, minha professora NÃO curtiu MINHA criatividade, meu bom humor e meu talento artístico.

Quando conversei com a sra. Kincaid depois da aula, ela me disse que eu estava na aula de biologia, não de ARTES. E me alertou dizendo que se eu tirasse outra nota abaixo de 5 ou voltasse a brincar na sua aula, ela mandaria um recado aos meus pais.

É claro que eles reagiriam de modo totalmente exagerado, tirariam meu celular E me deixariam de castigo até meu aniversário de 18 anos.

Felizmente, a sra. Kincaid permite que a gente descarte a nota mais baixa no fim do semestre.

De qualquer forma, eu AINDA tenho que convidar o Brandon para o baile.

AAAHHH!!!

Eu estou arrancando os cabelos de frustração.

Por que a minha vida é tão DOIDA?! ☹!!

Ontem eu fiquei tão chateada com a história do Brandon e daquela prova idiota de biologia, que planejei ir direto ao meu quarto para curtir minha fossa.

A Brianna estava na cozinha falando sozinha e trabalhando em seus cartões da princesa de pirlimpimpim do Dia de São Valtim...

Foi quando eu tive a ideia mais FABULOSA de todas!

Eu tinha passado uma baita vergonha tentando convidar o Brandon para o Baile do Amor.

Mas e se em vez disso eu desse a ele um cartão do Dia de São Valentim?

Assim, eu poderia ESCREVER um bilhetinho para convidá-lo ao Baile do Amor!!

Seria fofo, meigo e romântico!
^ ^ ^ ^ ^
EEEEE ☺!

Como ele poderia dizer não?!!

Revirei a casa em busca de coisas legais que eu pudesse usar para fazer o cartão e encontrei glitter, fita de cetim, papel de embrulho vermelho, renda, letrinhas e canetas gel.

E então, curtindo minhas músicas preferidas da Taylor Swift para me inspirar, criei um cartão de Dia de

São Valentim bonito, único e personalizado para o Brandon...

EU, FAZENDO UM CARTÃO PARA O BRANDON

O último passo seria escrever um poema profundo e sincero inspirado na nossa amizade e no respeito que temos um pelo outro. Como...

ROSAS SÃO VERMELHAS,
E MOSTRAM BEM-QUERER.
EU QUERO IR AO BAILE
E DANÇAR COM
VOCÊ!!

Sim, eu sei!

O poema é mais melado do que dez pirulitos juntos.

A Taylor Swift faz com que escrever músicas melosas sobre o namorado pareça muito fácil.

De qualquer forma, hoje fui para o colégio dez minutos mais cedo para entregar o cartão ao Brandon antes de as aulas começarem.

Mas foi só na segunda aula que, FINALMENTE, o vi perto do armário conversando com o Theo!

Não tive escolha a não ser começar a persegui-lo secretamente, esperando pelo momento certo de entregar o cartão.

Mas esse momento NUNCA acontecia. Sempre tinha alguém por perto ou falando com ele. Eu não sabia que o garoto era tão popular.

Apesar de eu ainda estar bem traumatizada com o fiasco da prova de ontem, uma coisa ficou muito clara. Encurralar o Brandon na aula de biologia seria minha ÚNICA chance de ir ao Baile do Amor!

Cheguei à aula supercedo e fiquei sentada ali, segurando o cartão e esperando que ele chegasse. Eu estava uma pilha de nervos!

E ter tempo para pensar me fez ficar preocupada com todas as coisas que poderiam dar errado DEPOIS que ele lesse o poema.

Quero dizer, e se o Brandon dissesse NÃO? Ou risse de mim? Ou simplesmente... VOMITASSE?

AI, MEU DEUS! Eu estava uma PILHA DE NERVOS suada e paranoica! Parecia que as pessoas estavam me encarando e fofocando sobre mim....

EU, NERVOSA, ESPERANDO O BRANDON PARA
ENTREGAR O CARTÃO A ELE

Quando o Brandon finalmente chegou, eu achei que ia
fazer xixi nas calças.

"E aí, Nikki?!", ele disse, afastando a franja dos olhos e me dando um sorrisinho torto.

Eu só fiquei olhando para ele. Abri a boca para dizer oi, mas não saiu nada.

"Hum... você está bem?", ele perguntou de repente, parecendo preocupado. "Você parece um pouco, humm... cansada!"

"Na verdade, Brandon...", eu finalmente soltei bem alto, "eu queria entregar a você..."

"BRAAAN-DON! Aquela prova de ontem não foi TERRÍVEL?", a MacKenzie perguntou, me interrompendo de maneira muito grosseira. "Eu achei realmente que tivesse reprovado. Mas, para a minha sorte, tirei 9. E aí, Nikki, que nota VOCÊ tirou no teste, querida?"

Em seguida, ela sorriu e piscou para mim toda inocente.

Senti vontade de arrancar aquele sorrisinho com um tapa.

Mas, antes que eu pudesse responder, a MacKenzie me deu as costas e começou a falar que estava muito ansiosa para ver todas as fotos ótimas que o Brandon tinha tirado com a câmera que ela tinha lhe dado de aniversário.

Eu NÃO pude acreditar que aquela menina estava me ignorando daquele jeito bem na minha cara. E olha só! Ela não fechou a boca até a professora chegar.

O que ACABOU totalmente com as minhas chances de falar com o Brandon ANTES da aula. E se a MacKenzie tivesse chance, conseguiria toda a atenção dele e ACABARIA com a minha chance de conversar com ele DEPOIS da aula TAMBÉM!

Eu estava tão cansada dos joguinhos sujos dela.

E foi aí que decidi dar o cartão ao Brandon DURANTE a aula! Ei, eu sento bem ao lado dele!

E a MacKenzie não poderia fazer nada para impedir.

Como a nossa sala tinha se saído mal no teste, a sra. Kincaid decidiu passar a aula toda na lousa desenhando o ciclo de Krebs enquanto fazíamos anotações.

AI, MEU DEUS! A aula dela era TÃO chata! Pensei que meu cérebro fosse derreter e escorrer pelos meus ouvidos...

"O ciclo do ácido cítrico — também conhecido como ciclo de Krebs — é uma série de reações químicas usadas pelos organismos aeróbicos para gerar energia por meio da oxidação do acetato, derivado dos carboidratos, gorduras e proteínas do dióxido de carbono. Além disso..."

Fiquei encarando o Brandon durante, tipo, uma ETERNIDADE, esperando que ele olhasse na minha direção. Mas ele estava ocupado fazendo anotações.

Foi quando peguei minha caneta e cutuquei o braço dele delicadamente.

Primeiro, ele pareceu um pouco assustado, depois um pouco confuso.

Tirei o cartão do meu caderno e disse as palavras: "Pra VOCÊ!"

Ele piscou surpreso e apontou para si mesmo, como se dissesse: "Pra MIM?"

Eu assenti com a cabeça. "Sim!"

Enquanto observava a sra. Kincaid pelo canto dos olhos, rapidamente empurrei o cartão na direção do Brandon.

Mas acho que aquele sorriso superlindo dele deve ter afetado meu sistema nervoso e prejudicou a minha coordenação entre os olhos e as mãos, ou alguma coisa assim. Porque o cartão passou por ele, deslizou pelo chão e foi parar a trinta centímetros do pé esquerdo da sra. Kincaid!

Eu quis pular da cadeira e tentar agarrá-lo antes que ela o visse.

Mas alguém bem atrás de mim começou a tossir.

Bem alto.

E por ser uma tosse muito FALSA, eu imaginei que fosse a MacKenzie.

Distraída pelo barulho, a sra. Kincaid se virou.

Eu fingi não notar o grande cartão vermelho cheio de purpurina que estava no chão bem à frente dela. Mas isso não teve a menor importância, porque todas as outras pessoas da sala estavam olhando para ele como se fosse uma serpente de duas cabeças com dois metros de comprimento.

"Olha, pessoal. Estou aqui tentando ensinar estas coisas para vocês e alguém decidiu perturbar a aula entregando cartões de Dia de São Valentim com antecedência?!"

Todo mundo riu.

"De quem é ISTO?", ela perguntou enquanto se abaixava para pegar o cartão.

A sala estava tão quieta, que dava para ouvir uma agulha cair no chão. Nem o Brandon nem eu nos sentimos moralmente obrigados a fazer uma confissão.

ELE manteve a boca fechada porque, se eu levei o cartão para a aula, o cartão era MEU (não DELE).

E EU mantive a boca fechada porque, se eu tinha acabado de entregar o cartão, ele tecnicamente era DELE (não MEU).

Infelizmente, o anonimato logo foi desfeito. Provavelmente porque na parte de trás do cartão havia letras de oito centímetros dizendo: "De Nikki". DÃ!!

"Srta. Maxwell, acho que isto pertence a você!", a sra. Kincaid disse, olhando para mim.

"Hum, ele meio que caiu do meu caderno. Acidentalmente", murmurei.

"É mesmo? Então você não estava passando bilhetinhos na aula?"

"Na verdade, eu não diria que é um bilhetinho", resmunguei. "É mais um... cartão."

A sala riu de novo.

"Na verdade, e–eu estava esperando que a senhora não o mostrasse à sala toda", gaguejei.

Mais risos. AI, MEU DEUS! Fiquei TÃO envergonhada. Queria abrir um buraco bem fundo no meio do chão, entrar nele e... MORRER!

As bochechas do Brandon estavam vermelhas e ele parecia bem nervoso.

A sra. Kincaid leu o cartão em silêncio, cruzou os braços e olhou para mim.

E então, decidindo poupar o Brandon da enorme vergonha, ela se virou, marchou pela sala e jogou meu cartão de Dia de São Valentim em cima da mesa.

"Nikki, por favor, fale comigo depois da aula!"

Eu podia sentir todo mundo olhando para mim. A MacKenzie, milagrosamente curada da tosse, agora estava com aquela cara de orgulhosa.

O Brandon deu de ombros e disse "Desculpa!" bem baixinho.

Mas eu só fiquei olhando para frente.

Eu NÃO conseguia acreditar que a MacKenzie tinha me atrapalhado DE NOVO!! Eu fiquei tão brava que seria capaz de cuspir!

E agora meus pais receberiam um bilhete e talvez eu até recebesse uma advertência.

Finalmente, o sinal tocou e a aula de biologia terminou.

O Brandon parecia meio chateado. "Sinto muito pelo que aconteceu, Nikki! Vou esperar lá fora até você acabar de conversar com a professora, tá bom?"

"Não se preocupe! Era só um cartão idiota. Vou ficar bem. De verdade!", eu disse, tentando forçar um sorriso. "A última coisa de que você precisa é se atrasar!"

"Acho que você tem razão. É que me sinto meio culpado já que você fez o cartão pra mim." De repente, o rosto dele se iluminou. "Ei! Vou para a Amigos Peludos depois da aula. A padaria do outro lado da rua faz uns cupcakes muito bons! Por que você não vai até lá? Será por minha conta! Além disso, não conseguimos conversar muito desde o meu aniversário."

"Sim, isso seria muito legal, na verdade!", eu fiquei vermelha.

"Mas eu tenho que cuidar da Brianna hoje depois do colégio. Vou mandar uma mensagem para a minha mãe e perguntar se eu..."

"SRTA. MAXWELL!", a sra. Kincaid interrompeu. "Quando você acabar de conversar, estarei aqui ESPERANDO...!"

"Desculpa!", eu disse ao Brandon, revirando os olhos. "A gente se vê mais tarde. Talvez."

"Até mais. Tomara!", o Brandon sorriu e fez sinal de positivo com a mão. E então, ele caminhou em direção à porta.

Enfiei todas as minhas coisas na mochila e lentamente me aproximei da mesa da professora.

"Hum, a senhora queria falar comigo?", murmurei. Eu estava esperando o pior.

"Nikki, tenho notado que você anda muito distraída ultimamente. Ontem, você fez um desenho na sua prova e hoje estava atrapalhando a aula entregando cartões em vez de fazer as anotações. Está tudo bem?"

Eu dei de ombros. "Tudo bem, eu acho. É só que o Baile do Amor é amanhã. Eu ia convidar o Brandon para o baile ontem, mas tivemos o teste. E hoje a senhora confiscou meu cartão antes que eu pudesse entregá-lo. Então, as coisas estão só... ruins!", eu expliquei, tentando ignorar o nó enorme na minha garganta.

De repente, a sra. Kincaid sorriu e balançou a cabeça.

"Quando eu tinha a sua idade, pensei que NUNCA sobreviveria ao ginásio! Mas sobrevivi e VOCÊ também vai sobreviver. Pegue!", ela disse, devolvendo o meu cartão. E então, ela piscou para mim. "Boa sorte!"

Só fiquei olhando para ela boquiaberta. Eu fiquei tão chocada, que não sabia o que dizer.

"Obrigada! Não acredito que a senhora...! Obrigada!", eu soltei.

"Agora, estou te avisando, srta. Maxwell. Chega de gracinhas na minha aula, ou você vai desenhar caranguejos E entregar cartões enquanto estiver SUSPENSA das aulas."

Fiz a minha "dancinha feliz do Snoopy" até a biblioteca. Dentro da minha cabeça!

Meu Plano A tinha fracassado. Mas agora eu tinha um Plano B!

Eu encontraria o Brandon na Amigos Peludos depois da aula. E, enquanto estivéssemos dividindo um cupcake, eu lhe daria o cartão.

ΛΛΛΛΛ
ÊÊÊÊÊ ☺!!

Ele diria SIM! E amanhã nesse mesmo horário as minhas melhores amigas e eu estaríamos a poucas horas do nosso primeiro encontro de verdade.

Um encontro triplo! Exatamente como a gente tinha sonhado!

Enviei uma mensagem para a minha mãe, e ela disse que eu podia ir para a Amigos Peludos, mas só por quarenta e cinco minutos, porque eu tinha que fazer a lição de casa e dormir cedo.

Finalmente as aulas tinham terminado! Era difícil acreditar que em apenas dez minutos seria oficial.

Eu iria ao Baile do Amor com o Brandon! ÊÊÊÊÊ ☺!!

Eu estava no meu armário pegando o meu casaco quando recebi duas mensagens de texto com apenas um minuto de diferença. Pensei que fossem da minha mãe. Mas eu fiquei muito surpresa ao ver que eram do... BRANDON!

De qualquer forma, eu fiquei chocada quando li...

* * * * *

DE BRANDON:

Oi, MacKenzie.

E aí? A aula de biologia foi maluca hoje, né?

15:07

* * * * *

DE BRANDON:

Desculpa, Nikki! Foi mal, número errado.

15:08

* * * * *

AI, MEU DEUS! Eu tive um colapso bem ali no meu armário!

COMO O BRANDON PÔDE MANDAR POR

ENGANO PARA MIM UMA MENSAGEM DE

TEXTO QUE ERA PARA A MACKENZIE?!!

Não sei se fiquei mais irritada ou mais enojada! Parecia que o Brandon estava SEMPRE conversando com a MacKenzie ou fazendo algum projeto qualquer do jornal com ela.

E agora tinha ficado bem evidente que ele ENVIAVA MENSAGENS para ela com bastante frequência também!

E tudo isso enquanto ME convidava para ir à Amigos Peludos e comer cupcakes com ele?!! Quero dizer, QUEM faz uma coisa dessas?!!

Vasculhei a mochila e peguei aquela matéria amassada da revista "Como saber se um cara simplesmente NÃO está a fim de você".

Li mais uma vez, então risquei o último item da lista:

5. Está passando tempo demais com outra garota.

Suspirei e pisquei para afastar as lágrimas. Eu me senti tão IDIOTA!

O Brandon não tinha o menor interesse em mim.

E, de acordo com ESPECIALISTAS, ele tinha feito todas as CINCO coisas da lista da revista! Documentei cada uma delas com muita atenção...

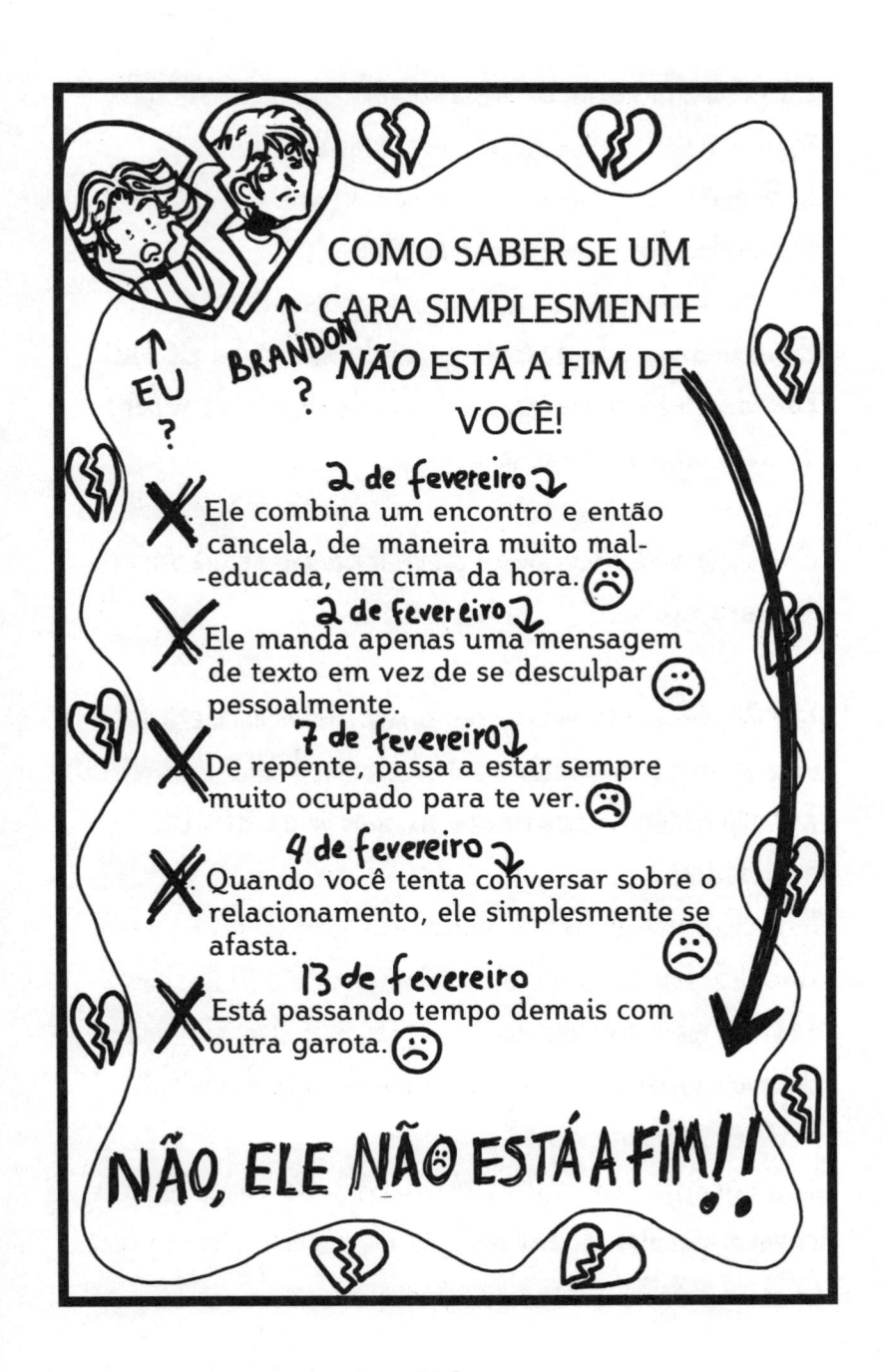

Eu precisava parar de me enganar.

O Brandon e a MacKenzie estavam juntos e provavelmente iriam juntos ao baile.

E, mesmo que não fossem, eu ainda não tinha COMO convidar o Brandon para ir ao baile depois de receber as duas últimas mensagens!

Como ele podia ser amigo da MacKenzie se ela ME tratava tão mal?

E POR QUE ele queria ser amigo dela? Ela era uma malvada, mimada, manipuladora, fútil... RAINHA DO DRAMA! E essas eram as suas MELHORES qualidades!

Amanhã, vou dizer para a Chloe e para a Zoey que não vou mais ao baile com elas. Sei que elas vão ficar decepcionadas e tal, mas essa coisa toda do Brandon NÃO está dando certo.

Espero que elas entendam.

É muito triste perder um excelente amigo como o Brandon para a MacKenzie. E a última coisa que quero é perder as minhas melhores amigas também.

Desse jeito, eu ficaria totalmente sozinha nesse colégio de novo.

Suspirei profundamente e bati a porta do armário bem quando a MacKenzie e a Jessica passaram por mim, rindo.

"AI, MEU DEUS! Jess!", a MacKenzie soltou. "Adivinha quem me mandou uma mensagem?!"

Ela mostrou o celular para a Jessica. Então, as duas gritaram animadas como dois filhotes de porco ou alguma coisa assim.

Eu não queria brigar com a MacKenzie.

Eu não queria ir ao baile com o Brandon.

Eu não queria decepcionar as minhas melhores amigas.

EU SÓ QUERIA correr para casa e CHORAR muito!

Mas primeiro eu tinha que passar no banheiro feminino.

Só que não pelos motivos mais óbvios.

Eu funguei e sequei uma lágrima que havia escorrido pela minha bochecha.

Então, eu rasguei o cartão do Dia de São Valentim em pedacinhos, joguei dentro do vaso sanitário e apertei a descarga!

Eu tinha aceitado o fato de que NÃO IA ao Baile do Amor. Mas ainda me sentia decepcionada, magoada e bem tristonha.

Devo ter ficado bem traumatizada com a situação toda, porque tive um pesadelo horroroso!

Era a noite do Baile do Amor, e eu estava em casa colocando os pratos na lava-louças e me sentindo meio deprimida com a vida.

De repente, a minha fada madrinha apareceu e balançou sua varinha mágica. Ela transformou meu pijama de coração em um belo vestido de festa e minhas pantufas de coelho em sapatinhos de cristal.

Depois, ela balançou a varinha de novo e transformou o carro mágico voador da princesa de pirlimpimpim (com faróis que acendem de verdade) da Brianna em uma limusine de tamanho real e o bebê unicórnio da Brianna em chofer.

Ai, meu Deus! Era como se eu fosse a Cinderela ou alguém assim!

E quando eu cheguei ao Baile do Amor, o Brandon estava me esperando vestido como um príncipe. A gente dançou a noite toda e se divertiu muito. Foi TÃO romântico!

E então, quando o relógio marcou meia-noite, a MacKenzie foi coroada a Princesa do Amor e meu conto de fadas se transformou em uma história de terror.

Meu vestido e meus sapatinhos de cristal voltaram a ser um pijama e pantufas. E a limusine com chofer voltou a ser o carro mágico voador da princesa de pirlimpimpim (com faróis que acendem de verdade) e o bebê unicórnio.

AI, MEU DEUS! Fiquei TÃO envergonhada por estar no baile do colégio de pijama e com os brinquedos da Brianna. Todo mundo riu de mim. Até o Brandon, a Chloe e a Zoey!

Mas a parte mais assustadora vem agora. De repente, a MacKenzie se transformou em um monstro enorme com dentes pontudos e começou a rosnar e a me perseguir no baile. Eu escapei por pouco galopando com o bebê unicórnio...

GRRRRR!

← MACKENZIE

Provavelmente foi o PIOR pesadelo que já tive na vida.

Eu acordei suando frio.

Mas a parte mais maluca vem agora!

Apesar de eu estar bem acordada e olhando para o teto, ainda conseguia ouvir a MacKenzie (ou alguma coisa) rosnando.

GRRRRRRRRRRRRRR!

GRRRRRRRRRRRRRRR!

GRRRRRRRRRRRRRRRR!

E parecia vir lá de fora.

Corri para a janela do quarto e cuidadosamente olhei para fora, meio que esperando ver um monstro glamouroso de tiara aterrorizando a vizinhança.

AI, MEU DEUS! Eu não podia acreditar no que estava vendo...

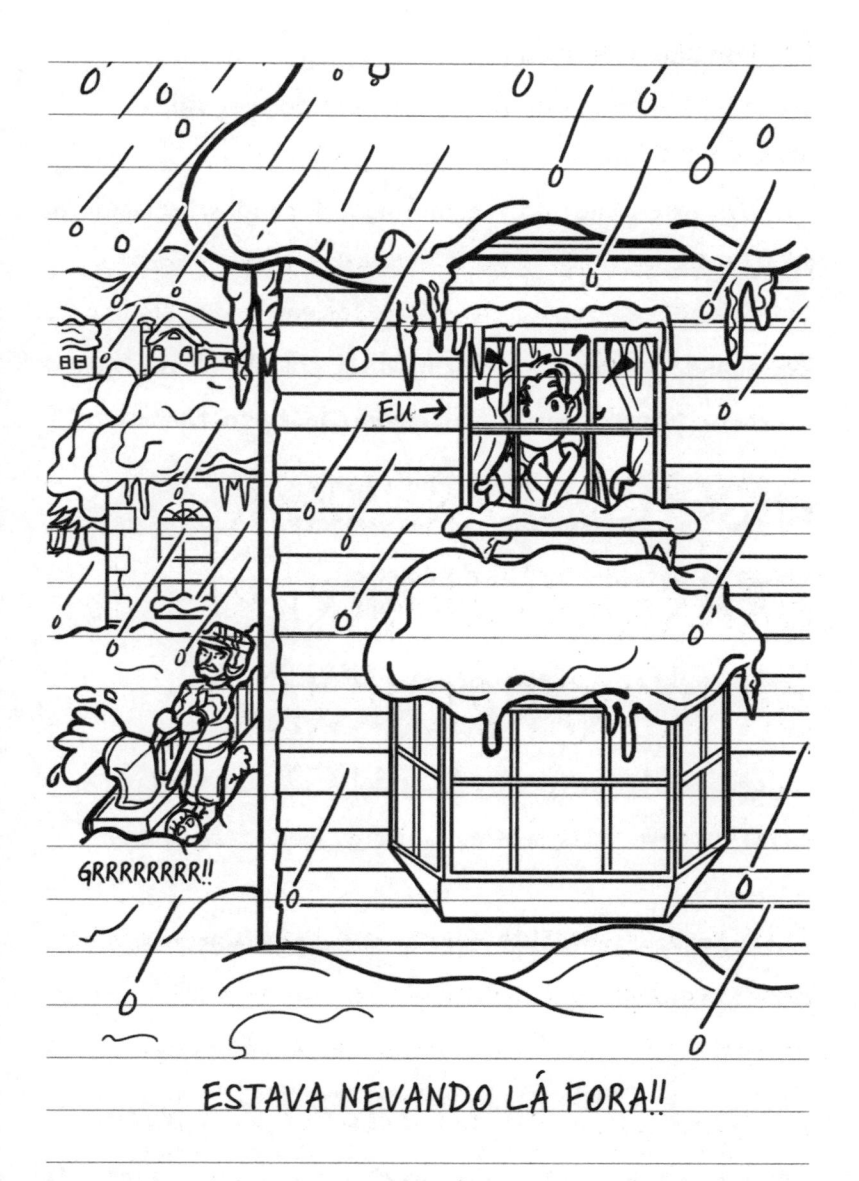

ESTAVA NEVANDO LÁ FORA!!

Da noite para o dia, o chão ficou coberto por mais de vinte centímetros de neve!!

E o rosnado com o qual eu tinha sonhado era, na verdade, a máquina de derreter neve do meu pai.

TODOS os colégios da região foram fechados, incluindo o WCD.

Foi quando me dei conta... AI, MEU DEUS! Nosso Baile do Amor provavelmente tinha sido cancelado também!!

Eu senti muita pena das minhas melhores amigas e de todas as outras garotas do colégio.

Tenho certeza que elas ficaram SUPERtristes!

Eu geralmente gosto quando as aulas são canceladas por causa da neve. Mas hoje eu me senti meio desanimada.

Então, para fazer algo especial que me animasse, eu decidi preparar...

BOLO DE CHOCOLATE COM CALDA DE CHOCOLATE ☺...!

BRIANNA, POR QUE TEM MARCAS DAS SUAS MÃOS NO MEU BOLO DE CHOCOLATE COM CALDA DE CHOCOLATE?

Felizmente, consegui cobrir as marcas das mãos da Brianna espalhando confeitos bonitinhos em formato de coração sobre o bolo.

Aliás, telefonei para a Chloe e para a Zoey para me informar sobre o Baile do Amor. Elas tinham boas e más notícias! A má era que o baile tinha mesmo sido cancelado por causa da nevasca. Mas a boa era que tinha sido reagendado para sexta-feira, 28 de fevereiro. Claro que elas estavam decepcionadas, já que estavam preparadas para o baile DESTA NOITE! Mas eu as lembrei que a nova data seria APENAS dali a duas semanas!

De qualquer forma, depois do almoço, a Brianna e eu demos cartões de Dia de São Valentim para os meus pais e também um pedaço do bolo que eu tinha feito. Claro que eles ADORARAM tudo!

Fiquei um pouco chocada ao receber uma mensagem de texto meio maluca do Brandon: "FELIZ DIA DE SÃO VALENTIM!! Estou aqui comendo sua caixa de bombons e pensando em você ☺!"

Apesar da nevasca lá fora, do furacão de categoria 1 (também conhecido como Brianna) aqui dentro e da minha vida amorosa sombria e tempestuosa, eu consegui sobreviver ao Dia de São Valentim! Eu só queria ter uma cola mágica que colasse todos os corações despedaçados do mundo!!

Hoje eu concordei em cuidar do netinho fofo da sra. Wallabanger, o Oliver, durante algumas horas, enquanto ela jogava bingo no centro comunitário da terceira idade.

Tudo bem! Admito que errei! Eu NÃO devia ter provocado a Brianna, na semana passada, cantarolando que ela estava apaixonada pelo Oliver.

E eu não a culpo por AINDA estar um pouco brava comigo por causa disso.

Mas eu nunca pensei que ela fosse se esconder no armário e se recusar a brincar com ele. Principalmente porque eles se deram muito bem brincando no Reino Doce no shopping.

Tentar tirar a Brianna do armário foi uma baita dor de cabeça. "Vamos, Brianna. Por que não sai e brinca com o Oliver? Vai ser divertido!"

Oliver sorriu e concordou balançando a cabeça. "Brianna, você quer brincar com o caminhão monstro da princesa de pirlimpimpim?"

Por fim, a Brianna abriu lentamente a porta do armário e deu uma espiada.

BRIANNA, ESPIANDO PELA PORTA DO ARMÁRIO

Eu não podia acreditar que a Brianna estava agindo como uma rainha do drama!

Ela sabia muito bem que se o Oliver não estivesse ali, eu a tiraria daquele armário com um chute no traseiro tão forte que ela sentiria para sempre.

A Brianna revirou os olhos para mim e finalmente saiu do armário, batendo o pé.

Aquela pirralha não deu a mínima para o fato de eu ter passado quinze minutos arrumando a sala de estar com brinquedos, jogos e bichinhos de pelúcia!

Até consegui encontrar alguns dinossauros, astronautas e animais selvagens para o Oliver, graças à viagem à terra dos dinossauros, jornada a Marte e à aventura no safári da princesa de pirlimpimpim.

Mas, apesar de a sala estar cheia de brinquedos, a Brianna e o Oliver ficaram ali se encarando como se fossem desconhecidos.

"Ei, Oliver, olha que legal esse T. Rex!", eu disse animada. "GRRR! GRRR!"

"E, Brianna, por que você não mostra ao Oliver a sua espaçonave da princesa de pirlimpimpim com efeitos sonoros de verdade? ZUUUMMMM!"

"De jeito nenhum!", a Brianna resmungou. "Meninos têm SAPINHO!"

Oliver pareceu triste e suspirou. Coitadinho! Fiquei com pena dele. Então, a Brianna começou a criticar as MINHAS habilidades como babá.

"Nikki, você é uma PÉSSIMA babá! Se a Bicuda estivesse cuidando da gente, estaríamos nos divertindo pra valer!"

"Ótimo!", eu disse. "Então peça para ELA fazer isso! Ela vai ver como é difícil cuidar de uma pirralha como você."

"Ótimo!", a Brianna gritou comigo. "Você está... DEMITIDA!"

Foi quando a Brianna pegou a Bicuda.

O Oliver abriu um sorriso e logo pegou seu boneco, o sr. Botões, do bolso. Em poucos segundos, a Bicuda estava mostrando ao sr. Botões a espaçonave da princesa de pirlimpimpim da Brianna.

"Sou um astronauta e passei por todos os cantos da galáxia! Quer ver minha poeira lunar?", o sr. Botões perguntou.

"Você tem poeira lunar DE VERDADE?!!", a Bicuda se espantou.

O ~~Oliver~~ sr. Botões pegou um punhado de areia e pedras do bolso do Oliver e jogou no chão...

SR. BOTÕES EXIBE SUA POEIRA LUNAR

"Legal!", a Bicuda exclamou, animada.

Eu não podia acreditar no que estava vendo! Em pouco tempo, a Bicuda e o sr. Botões estavam se divertindo tanto, rindo, brincando e correndo de um lado para o outro, que a Brianna e o Oliver também participaram.

Os ~~dois~~ quatro fizeram uma viagem a Marte e conversaram num idioma alienígena. Depois, caçaram a fada dos dentes na floresta e subiram em dinossauros.

Como a Bicuda manteve os dois tampinhas sob controle (a Brianna estava certa, ela É uma ótima babá!), eu decidi relaxar comendo um lanchinho e escrevendo no meu diário.

Tudo estava indo muito bem até eu escutar o Oliver chorando. Aparentemente, o sr. Botões tinha sumido. A Brianna insistia que ele tinha sido SEQUESTRADO pela fada do dente!

O Oliver estava SUPERchateado. "Eu que–quero o sr. Botões! Ele é meu me–melhor amigo!", ele choramingou.

Logo depois, a Brianna e a Bicuda também começaram a chorar. "O sr. Botões se fo-foi pra-pra sempre!"

Parece que vou ter que terminar o que estou escrevendo mais tarde. Agora, tenho uma emergência de babá para resolver!!

Já ouvi dizer que as pessoas podem ficar traumatizadas para sempre simplesmente por perder seu cobertor ou brinquedo favorito na infância.

O que provavelmente explica por que muitas pessoas do meu colégio são tão DOIDAS!

Mas o que eu devo fazer em uma situação como esta? Ligar para a polícia e comunicar o desaparecimento de uma meia suja chamada sr. Botões?

☹!!

(CONTINUA...)

DOMINGO, 16 DE FEVEREIRO

Bom, onde eu estava mesmo (batendo o dedo no queixo e pensando)...?

Certo, o sr. Botões estava desaparecido! E o Oliver, a Brianna e a Bicuda estavam tendo um chilique coletivo.

Procuramos EM TODOS OS LUGARES! E mesmo assim não conseguimos encontrar aquela bendita meia. Eu sabia que as meias tinham o péssimo hábito de desaparecer na secadora. Mas não tinha ideia de como uma podia desaparecer no ar.

"Nikki! Você é a babá!", a Brianna gritou. "Faça alguma coisa! E AGORA!"

Eu fiquei, tipo: Ah. Não. Ela. NÃO. DISSE. ISSO!! "É mesmo? Então, agora que o sr. Botões está PERDIDO e todo mundo está CHORANDO eu sou a babá?", gritei com a Brianna. "Na minha opinião, isso tudo é culpa da Bicuda. Diga a ELA para encontrar o sr. Botões!"

Mas, como eu ERA a irmã mais velha, madura e responsável, decidi cuidar pessoalmente do assunto.

Depois de inspecionar a gaveta de meias, encontrei um velho pé de meia sem par com lacinhos e renda. Peguei uma caneta preta e fiz uma carinha. Depois, coloquei um pouco de palha como se fosse cabelo, passei gloss labial vermelho-cereja e PRONTO!! Um novo boneco nasceu! Eu a chamei de Maxine. Principalmente, porque ela era FEIA como Max, a barata. (A barata de plástico horrorosa de dois metros de comprimento presa ao topo da van de dedetização do meu pai.)

No entanto, com aquele cabelo enorme, cílios compridos, a roupa de rendinha, a expressão confusa e as cinco camadas grossas de gloss labial, ela se parecia bastante com… DEIXA PRA LÁ! Voltei correndo para a sala de estar para apresentar a Maxine ao Oliver.

"Oliver, por favor, não chora!", a Maxine pediu com a voz estridente. "Vai ficar tudo bem. Eu prometo!"

"Que-quem é você?", o Oliver fungou.

"Sou a irmã mais velha do sr. Botões. Meu nome é Maxine. Prazer em conhecê-lo!"

MAXINE

"Uau! Você é a IRMÃ do sr. Botões?!", Oliver riu
enquanto secava as lágrimas.

A Brianna deve ter sentido um pouco de ciúmes ou
alguma coisa assim, porque ela só olhou para o Oliver e
fez cara feia. "Hum... POR QUE sua cara é cheia de
bolinhas?", a Brianna perguntou.

"É, e o seu cabelo é engraçado também", a Bicuda
disse, analisando Maxine de cima a baixo.

"Ei, sai pra lá, garota!", a Maxine disse, rolando os olhos para a Bicuda. "Pelo menos, eu TENHO cabelo!"

Bom, talvez a Maxine tivesse umas bolinhas. Desculpa, mas eu NÃO ia destruir um bom par de meias. E POR QUE a Bicuda ficou toda esnobe e insultou outro boneco sendo que ELA também é um boneco?! Eu era a única pessoa que achava isso tudo estranho, bizarro e meio assustador?

A Maxine continuou. "Estou aqui para ajudar você a encontrar o sr. Botões. Mas não se preocupe com aquele cara. Ele é um fanfarrão e provavelmente só está brincando de esconde-esconde."

O rosto do Oliver se iluminou: "Você acha?"

"Não dê ouvidos a ela!", a Brianna disse. "Acho que ele foi SEQUESTRADO pela FADA DOS DENTES!"

"Tenho uma ótima ideia, Oliver!", ~~Maxine~~ eu disse. "Por que você não brinca com a Maxine enquanto eu termino de procurar o sr. Botões? Pode ser?"

"Legal!", o Oliver riu.

Passei a Maxine para o Oliver. Então, fui percorrendo cômodo a cômodo à procura do sr. Botões. Quando voltei, a Brianna e o Oliver tinham colocado uma dúzia de cartazes com as mensagens "sequestrado" e "desaparecido" em toda a sala de estar, em sua tentativa desesperada de encontrar o boneco.

A Brianna estava prestes a colar um cartaz em uma almofada do sofá quando de repente tomou um susto.

"Ei, olha! É o sr. Botões! A fada do dente o sequestrou e o enfiou atrás desta almofada?", ela perguntou.

"Sr. Botões! Sr. Botões!", o Oliver gritou. "Estou tão feliz por ver você!"

Todos nós demos um abraço coletivo no sr. Botões.

Bem naquela hora, a campainha tocou. Era a sra. Wallabanger.

"Oi, sra. Wallabanger", eu disse, grata por ela não ter chegado cinco minutos antes.

"Oi, Nikki, querida. Como estão os meus monstrinhos?", ela perguntou feliz.

"Estão ótimos!", respondi. "Brincamos um POUCO e tivemos uma grande aventura da IMAGINAÇÃO!"

De repente, a sra. Wallabanger franziu o cenho.

"O que é que foi? Você acha que estou parecendo um PORCO e preciso de uma TRANSFORMAÇÃO?", ela perguntou, muito ofendida.

"NÃO! Na verdade, a senhora está linda! Exatamente como é", tentei dizer a ela.

Quando o Oliver estava saindo, ele me deu um grande abraço.

"Nikki! Você é a melhor babá que o sr. Botões e eu já tivemos!"

"Obrigada, Oliver! A Maxine e eu estaremos esperando a sua próxima visita."

Ele deu alguns passos pela calçada, segurando a mão da avó. Então, parou de repente e correu de volta até a porta para abraçar a Brianna também.

"Obrigado por encontrar o sr. Botões", ele sussurrou. "Ele fez isto especialmente pra você!"

Oliver vasculhou seu bolso de trás e entregou um papel
vermelho para a Brianna.

A Brianna desdobrou o papel e viu o coração de Dia de
São Valentim mais lindo, torto e amassado que eu já vi
na vida...

Tanto a Brianna quanto a Bicuda ficaram sorrindo
feito bobas enquanto acenavam.

"Tchau, Oliver! Tchau, sr. Botões! Voltem logo!"

OOOWWWWWNNN ☺! Aquela cena toda foi tão linda e doce, que eu quase não aguentei.

Sim, o Oliver era meio estranho. E mal compreendido. Mas era uma criança tão legal! A sra. Wallabanger tinha sorte de tê-lo como neto.

Foi quando me dei conta de que o Oliver me lembrava muito o... bem... aquele-cujo-nome-não-deve-ser-dito.

De qualquer forma, fiquei muito feliz por ver que a Brianna tinha encontrado um novo amigo com quem tinha tantas coisas em comum.

Só espero que o Oliver não mude quando ficar mais velho. Tipo, sabe... algumas pessoas.

Quase esqueci! Por falar em novos amigos, agora tenho uma colega de quarto... a MAXINE!!

Ela vai se mudar para a minha gaveta de meias. ☺!!

SEGUNDA-FEIRA, 17 DE FEVEREIRO

Por causa da nevasca na sexta-feira, hoje era o Dia de São Valentim não oficial no WCD!

A Chloe, a Zoey e eu trocamos cartões. E eu dei a elas um pedaço do meu bolo de chocolate com calda de chocolate, e elas ADORARAM!

Notei o Brandon olhando para mim no corredor hoje de manhã. Parecia que ele queria dizer alguma coisa, mas eu o ignorei totalmente.

E, na aula de biologia, percebi que ele tinha algo no caderno que parecia um cartão do Dia de São Valentim ou alguma coisa assim. Imaginei que fosse da MacKenzie. Ou talvez até PARA a MacKenzie.

Mas não me dei o trabalho de ficar enrolando depois que a aula terminasse para descobrir. Assim que o sinal tocou, eu agarrei as minhas coisas e saí correndo como se o meu cabelo estivesse pegando fogo!

E por falar na MacKenzie, eu sei que aquela garota me ODEIA! Mas, nem em um milhão de anos, eu pensaria que ela iria se rebaixar tanto a ponto de tentar me AFOGAR!

Na aula de educação física de hoje, a professora disse que aprenderíamos a nadar com segurança.

Tudo bem, eu admito. Um dos meus segredos mais vergonhosos é que NÃO sou uma nadadora muito boa.

Agora imagine como eu me sinto um fracasso quando a Brianna nada com confiança no lado mais fundo da piscina enquanto eu nervosamente me arrasto dentro da piscina infantil!

HUMILHAÇÃO ☹!

"Certo, classe!", a professora começou. "Espero que todo mundo tenha lido o panfleto sobre segurança na natação que entreguei a vocês na semana passada. Porque hoje vamos falar sobre o que fazer se seu colega tiver problemas nadando. Vou precisar de dois voluntários."

A MacKenzie e eu, imediatamente, trocamos um olhar de maldade. Só a ideia de trabalharmos juntas como parceiras era mais do que repulsiva.

Acho que a professora deve ter visto a nossa reação e decidiu que nos fazer vestir o maiô velho, gasto e fedorento do colégio NÃO era tortura suficiente.

"Vejamos. Que tal... SRTA. MAXWELL... e SRTA. HOLLISTER?"

NOSSA PROFESSORA DE EDUCAÇÃO FÍSICA ME FORÇANDO A SER PARCEIRA DE NATAÇÃO DA MACKENZIE

A MacKenzie e eu reviramos os olhos e resmungamos.

Imediatamente, comecei a me sentir meio enjoada e ainda nem tinha engolido nem um pouco da água nojenta e cheia de micróbios da piscina.

"Certo! Vamos interpretar. Srta. Hollister, você será a parceira na beirada. E, srta. Maxwell, você será a parceira com problemas na água."

Bem, uma coisa era certa. Eu não teria que interpretar muito para ser totalmente convincente NAQUELE papel.

"Na verdade, eu que—queria saber se a senhora pode escolher outra pessoa", gaguejei com nervosismo. "Não sou muito boa nadan..."

"Vamos, srta. Maxwell, rápido! Na piscina! AGORA!", ela gritou comigo como se eu estivesse ali fazendo um teste para a equipe olímpica de natação ou alguma coisa assim.

Então, eu corri, apertei o nariz e me joguei na piscina...

AI, MEU DEUS! Eu caí na água feito um tijolo. A queda literalmente me tirou o ar. Tossi e me debati como louca enquanto lutava pela vida.

"Certo, srta. Hollister, imagine que está na praia e percebe que sua parceira de mergulho está tendo problemas na água. O que você..."

"Espera", a MacKenzie interrompeu. "Qual praia?"

"Não sei... QUALQUER praia!", a professora respondeu, impaciente. "Não importa."

"Eu sei! Que tal... nos HAMPTONS?!", a MacKenzie disse animada.

"Tá bom! Uma praia nos Hamptons! E você está preocupada com a sua parceira que está tendo problemas na água. O que você faz?"

"O que eu faço? Uau! Essa é uma pergunta difícil. Bom, pra começar, eu provavelmente NÃO iria aos Hamptons! Passamos as férias lá no ano passado e havia turistas DEMAIS!", ela respondeu, toda espertinha. "Ei! Quero ir a uma praia brasileira! Com uma tenda com ar-condicionado, chá gelado de melão e muitos surfistas gatinhos!"

"Você está perdendo o foco! Estamos falando de segurança na água!", a professora disse, irritada.

Essa garota é muito ESTÚPIDA!

"Anda logo, responde a bendita pergunta, MacKenzie!",
eu gritei. "Não vou conseguir ficar me debatendo por
muito tempo!"

A MacKenzie coçou a cabeça e olhou para a professora
por muito tempo sem dizer nada.

"Hum, essa pergunta é, tipo, de múltipla escolha ou
algo assim?", ela perguntou, mexendo no cabelo. "Fiquei
sabendo que as praias no Havaí são lindas de morrer!"

"Estou. Com. Cãibra. Na. Barriga!", eu ofeguei.
"SOCORROOOO!"

"Hollister, você precisa ficar de olho em quem estiver
nadando com você o tempo todo!", a professora gritou.
"SUA parceira provavelmente está EM APUROS! Agora
pule na água para salvá-la!"

"Quem? EU?! Acho que NÃO!", a MacKenzie respondeu
com frieza. "Eu enrolei meus cabelos hoje de manhã."

"PIOR (glub)... PARCEIRA DE MERGULHO (glub)... DO
MUNDO!!!", eu gritei, engasgando com mais água.

Então, acabei afundando na piscina. Não consigo me lembrar do que aconteceu depois disso. Acho que apaguei e a professora pulou na água para me salvar. Foi o que me disseram, de qualquer forma. Mas ME LEMBRO de ter acordado no chão de azulejo ao lado da piscina.

Eu estava cercada por um monte de colegas da turma que estavam rindo, uma professora não muito contente e minhas melhores amigas.

EU

Foi quando senti algo estranho ao redor da minha cintura.

E, quando olhei para baixo, descobri que estava com uma boia amarela, que mais parecia um donut, com patinhos.

Não era TÃO fofa quanto a boia de cavalo-marinho que a professora se recusou totalmente a me deixar usar na piscina na semana passada.

Vai entender!

"Você vai usar isso até o fim da aula hoje. Entendeu, Maxwell?", a professora falou secamente. "Se está com tanta dificuldade para nadar em apenas 1,20 metro de água, vai precisar de toda a ajuda possível."

"Espera um pouco!", eu exclamei. "Está dizendo que eu quase me afoguei em APENAS 1,20 metro?!! Isso mal chega nos meus ombros! Pensei que com certeza estava no fundo!"

A professora suspirou e balançou a cabeça.

OOPS! FOI MAL ☹!!

Então, ela começou a passar mais uma de suas duras broncas.

"Olha só, pessoal! A segurança na água é um assunto sério! Ajudar o parceiro NÃO é brincadeira! Vidas estão em risco! Para garantir que todo mundo compreenda esses conceitos, amanhã vamos ter uma prova por escrito. Eu sinto muito! Mas depois do que aconteceu hoje, não tenho escolha", ela disse, e olhou para a MacKenzie.

Todo mundo na sala resmungou dessa vez, inclusive eu.

A professora continuou. "Por favor, leiam o panfleto que entreguei a vocês. Vocês precisam aprender isso. Alguma pergunta?"

Eu podia dizer que a sala toda estava bem irritada, com base nos olhares bravos que a MacKenzie estava recebendo.

"Ei, não ME culpem!", a MacKenzie deu de ombros e piscou toda inocente.

Então, ela se virou e apontou o dedo bem na minha cara...

Eu NÃO pude acreditar que aquela garota me jogou na fogueira assim.

E eu não gostei nada do comentário de "tonta no donut"!

Se a MacKenzie não tivesse ficado ali planejando, de maneira muito IDIOTA, a sua próxima viagem para a praia enquanto via eu me AFOGAR, a gente não teria que fazer uma prova escrita.

Na aula de educação física, veja só.

Foi tudo culpa DELA!

Mas é claro que a MacKenzie é a srta. PERFEITA!

E todas as GDPs estavam revirando os olhos e cochichando sobre MIM!

A "tonta no donut"!

ECA! Eu desisto!

Da próxima vez...

Me deixem MORRER AFOGADA!

☹!!

AAAAAAAAAAAAAAAHHH!

(Essa sou eu gritando!)

Fiquei totalmente ASSUSTADA com o que vi nos corredores quando cheguei ao colégio hoje de manhã.

Foi surreal! Parecia que eu tinha entrado em um dos meus piores pesadelos. Eu SÓ queria telefonar para os meus pais e ir para casa.

QUEM fez isso comigo?!!! E POR QUÊ??!!

Só três outras pessoas no colégio sabiam disso.

"Isso" era uma foto terrivelmente embaraçosa que a pirralha da minha irmã, a Brianna, mandou acidentalmente para o mundo TODO.

Tá bom! Talvez NÃO para o mundo todo.

Apenas para a CHLOE, a ZOEY e o BRANDON!

Só de olhar para aquela foto eu sinto enxaqueca...

A Chloe e a Zoey estavam muito tristes e juraram de pés juntos TRÊS VEZES que não tinham nada a ver com isso. E eu queria mesmo acreditar nelas.

Então, só resta... o BRANDON. Mas POR QUE ele faria uma coisa dessas? Ou por que ele passaria a minha foto para alguém que fizesse isso?

De qualquer forma, foi isto o que vi quando cheguei ao colégio hoje...

"VOTE EM NIKKI MAXWELL PARA PRINCESA DO AMOR!" CARTAZES ESPALHADOS POR TODOS OS LUGARES!

Mas a coisa mais humilhante é que todo mundo pensa que espalhei aqueles cartazes pelo colégio porque QUERO ser a Princesa do Amor.

Quando, na verdade, eu NÃO colei aqueles cartazes! E NÃO quero me candidatar a Princesa do Amor! Tá bom, talvez eu não me importasse muito se isso acontecesse.

Mas por favor! Sou a maior perdedora do colégio todo. Tipo, QUEM votaria em mim?!

E, mesmo que HOUVESSE a possibilidade de eu conseguir alguns votos dos alunos, aposto que a minha foto muito assustadora os fez mudar de ideia.

Essa PIADINHA de mau gosto tinha a cara da MacKenzie Hollister! Eu daria qualquer coisa para saber como aquela garota colocou aquelas mãozinhas sujas na minha foto.

Ainda bem que as minhas melhores amigas estavam ali para me ajudar a rasgar os cartazes.

Fazer isso demorou, tipo, uma ETERNIDADE!

EU, A CHLOE E A ZOEY RASGANDO
AQUELES CARTAZES HORROROSOS

Por que diabos a MacKenzie faria isso sabendo que eu não vou ao baile? Talvez ela só esteja tentando esfregar na minha cara que eu não tenho par. Estou tão cansada dos joguinhos sujos dela!

E então, para piorar as coisas, recebi uma mensagem de texto do Brandon durante o almoço.

* * * * *
DE BRANDON:
Você estava meio assustadora naquela foto.
Mas você AINDA é minha amiga :-p!
12:36
* * * * *

Vou precisar de ANOS de terapia intensiva para superar todas as experiências traumáticas pelas quais passei no colégio durante a última semana!

AAAAAAAAAAAAHHHHH!!

(Essa sou eu gritando DE NOVO!)

☹!!

Hoje na aula de natação fizemos prova de mergulho.

"Agora, turma, o objetivo dessa prova é verificar a capacidade de mergulhar E retirar os objetos do fundo da piscina o mais rápido possível", a professora explicou. "Vocês vão mergulhar e pegar sete anéis de plástico".

Por favor! Pra que fazer isso? Estamos sendo treinados pra quê? Para um show de golfinhos? Por que a professora não vende ingressos para que vejam a gente nadando e não joga uns peixes em troca do bom trabalho? Só tô dizendo!

Mas olha só! Eu não podia acreditar que não havia nem uma ambulância ou grupo de resgate para nos salvar.

Sabe, como aqueles que a gente sempre vê fora do gramado nos jogos de futebol.

A nossa professora não se ligou que podemos precisar de massagem cardíaca ou talvez até de oxigênio?

Ou que tal um daqueles ganchos enormes para nos tirar da água em caso de emergência?

A MacKenzie era a próxima da fila para fazer o teste de habilidades. Quando a professora gritou "MERGULHE!", a MacKenzie mergulhou na piscina, quase sem espirrar água. Em poucos segundos, ela pegou todos os anéis e saiu da água em menos tempo do que os outros alunos.

Ela acenou e jogou beijos para todos como se tivesse acabado de ganhar uma medalha de ouro nas Olimpíadas ou alguma coisa assim.

Essa garota é tão FÚTIL!

Mas eu não me deixei intimidar nem um pouco.

Meu pai tinha comprado tudo de que eu precisava para o teste de mergulho em uma venda de garagem no verão passado...

EU, PRONTA PARA MERGULHAR COM MEU EQUIPAMENTO DE MERGULHO

De qualquer forma, quando a professora gritou "MERGULHE!", eu pulei e peguei todos os anéis em tempo recorde. Mais depressa até que a MacKenzie.

A professora de educação física me parabenizou pelo desempenho impressionante. Mas decidiu me dar um...

BELO DE UM 2 ☹!

Fiquei tão INDIGNADA!

"Sinto muito, srta. Maxwell!", a professora disse. "Mas você vai mergulhar para pegar anéis de plástico, NÃO tesouros enterrados! Não é permitido usar equipamento de mergulho!"

Parece que aquilo era contra as regras da piscina. Mas COMO eu conseguiria fazer ISSO?!

O único cartaz sobre regras que eu vi dizia...

REGRAS DA PISCINA DO WCD
1. NÃO correr!
2. NÃO comer!
3. NÃO fazer brincadeiras bruscas!
4. NÃO urinar na piscina!
5. NÃO usar boias de brinquedo!

Não tinha nada naquela lista que indicasse...

NÃO USAR EQUIPAMENTO DE MERGULHO!

Foi quando perdi totalmente o controle e gritei com a minha professora. "Desculpa, senhora, mas NÃO sou uma baleia jubarte capaz de mergulhar na parte mais profunda, escura e perigosa da piscina. PRECISO da minha máscara, da roupa de mergulho, do regulador de oxigênio, do tanque e do pé de pato. Além disso, a piscina é tão funda que meus olhos podem saltar das órbitas. E eu poderia morrer por causa da descompressão.

Pior ainda, a SENHORA nem sequer pensou em chamar uma ambulância caso eu tenha de ser levada ao hospital! Então, quero ver a SENHORA mergulhar no fundo da piscina sem sofrer um derrame ou alguma coisa assim!"

Mas eu disse isso dentro da minha cabeça, então só eu mesma escutei.

Aquela prova de mergulho foi TÃO injusta! Eu devia ter mais uma chance!! Só tô dizendo!! ☹!!

QUINTA-FEIRA, 20 DE FEVEREIRO

Estou começando a ficar preocupada com a minha nota na natação. Se a minha nota final for menor que 5, a professora vai querer marcar uma reunião com meus pais.

AI, MEU DEUS! E se eu acabar perdendo a minha bolsa de estudos e não puder mais ir ao colégio?

E como se eu já não tivesse problemas suficientes, notei que o Brandon estava me olhando hoje no corredor. Ele tentou conversar comigo na aula de biologia, mas eu o ignorei totalmente.

DE NOVO!

Mas daí as coisas ficaram ainda mais estranhas!

Eu estava trabalhando na biblioteca e cuidando da minha vida, e adivinha quem entrou como se fosse o dono do pedaço ou alguma coisa assim??!!

O BRANDON ☹!!

Eu sei! Eu também não conseguia acreditar!

Bom, ele perguntou se podia falar comigo, e eu disse que sim, mas, naquele momento, eu estava muito ocupada guardando os livros.

Então, ele disse: "Bom, vou ajudar você a guardar os livros, e podemos conversar enquanto estivermos trabalhando".

E eu disse: "Na verdade, você NÃO pode me ajudar, porque não sabe onde os livros devem ficar nas estantes".

Foi quando ele sugeriu que ELE podia ajudar entregando os livros para MIM para que eu pudesse colocá-los nas estantes.

Ele estava sendo muito legal, meigo e solícito, e me IRRITANDO demais o tempo todo!

Então, ele me entregava os livros e eu os guardava nas prateleiras.

O que me deixou SUPERnervosa porque ele meio que ficava... me encarando.

BRANDON MEIO QUE ME ENCARANDO ENQUANTO
ARRUMAMOS OS LIVROS DA BIBLIOTECA

Por fim, ele pigarreou. "Nikki, eu só queria que você soubesse que me senti muito mal por você ter tido problemas na aula de biologia por tentar fazer algo legal por mim."

"Como eu disse antes, não foi nada de mais!"

"Bem, pra MIM foi. Então, eu quero fazer algo legal por você."

"Na verdade, não precisa. Foi só um cartão idiota!"

"Não acho que foi idiota."

"Bom, eu acho!", respondi.

O Brandon ficou olhando para o chão. "Bom, eu pensei que talvez a gente pudesse ir ao Burger Maluco no sábado. Sei que da última vez que falei isso, você disse que não queria ir porque estava SUPERocupada!"

Eu não podia acreditar que ele estava dizendo aquilo para mim!

Não a parte sobre ir ao Burger Maluco. Mas a parte de eu NÃO querer ir ao Burger Maluco porque estava SUPERocupada.

"O QUÊÊÊÊ?! De jeito nenhum! Brandon, VOCÊ disse que não podia ir ao Burger Maluco porque VOCÊ estava SUPERocupado!"

"Como?! Não, Nikki! VOCÊ ME disse que estava muito ocupada e não podia ir. Lá no seu armário. Eu queria ir, mas não deu certo naquele sábado e nem no domingo."

"Na verdade, você meio que me deixou esperando", eu disse.

"Não, não deixei. Quando tentei explicar o que tinha acontecido, você me dispensou."

"NÃO foi isso que aconteceu. Eu estava tentando conversar com VOCÊ, e você simplesmente foi embora!"

Ultimamente, sempre que tentávamos conversar, a gente acabava brigando. O Brandon e eu só ficamos olhando um para o outro, frustrados...

Por algum estranho motivo, estávamos com grandes problemas de comunicação.

No fundo eu sabia que alguma coisa estava errada! Mas eu não tinha a menor ideia do que era ou de como resolver isso.

Por fim, o Brandon suspirou e tirou a franja dos olhos.

"Certo. Então, o que você acha de irmos ao Burger Maluco no sábado? Às seis e meia. Se você não estiver muito ocupada", ele disse, dando um sorriso torto.

"Certo, combinado! Se VOCÊ NÃO estiver ocupado demais!", eu disse, sorrindo de volta.

Então, a gente meio que ficou se encarando e ficamos vermelhos.

E todo esse lance de sorrir, encarar e ficar vermelho durou, tipo, uma ETERNIDADE!

Então, era oficial. O Brandon e eu íamos ao Burger Maluco no sábado.

Eu mal podia esperar para contar a novidade empolgante para a Chloe e para a Zoey.

Mas não precisei...

A Chloe e a Zoey estavam escondidas espiando a gente o tempo todo?!

Eu NÃO podia acreditar que as minhas melhores amigas se rebaixariam a ponto de fazer algo assim com o Brandon e comigo!

Principalmente durante uma conversa muito particular e pessoal sobre a nossa amizade.

A Chloe e a Zoey estão sempre colocando o nariz grande e gordo nos meus assuntos pessoais. Mas principalmente porque as duas se importam de verdade comigo.

Tenho que admitir...

Elas são as melhores amigas DO MUNDO!!

☺!!

Ainda estou tão empolgada com o lance do Burger Maluco que quase não dormi ontem à noite.

Claro que eu mal podia esperar para ver o Brandon na aula de biologia.

^ ^ ^ ^ ^

EEEEÊ ☺!

Nós ficamos vermelhos, sorrimos e ficamos com olhinhos apaixonados durante uma hora INTEIRA. Vi a MacKenzie e a Jessica olhando para a gente e fofocando como doidas. Mas não me importei.

Para ser sincera, eu não lembro de uma única palavra que a professora disse a respeito da aula de hoje. Mas foi a MELHOR. AULA. DO. MUNDO!

Estou TÃO feliz com o fato de o Brandon e eu FINALMENTE estarmos nos dando bem de novo. Só espero que passar um tempo juntos no Burger Maluco ajude a fortalecer a nossa amizade.

Mas, no momento, meu maior problema é que não faço a menor ideia do que vestir no nosso primeiro encontro.

Não quero que a minha roupa seja chique demais nem casual demais. Precisa ser... PERFEITA!

Fiquei ali olhando dentro do meu armário durante, tipo, uma ETERNIDADE! Mas, infelizmente, não vi nada que fosse PERFEITO ☹!

EU, PROCURANDO A ROUPA PERFEITA!

Fiquei DESESPERADA! Então, decidi tomar uma atitude DRÁSTICA.

Eu sabia que seria perigoso devido ao risco de exaustão. Mas não tinha escolha.

Eu ia EXPERIMENTAR todas as minhas roupas bem depressa e combinar partes de cima e de baixo até encontrar uma roupa BEM LINDA! Seria o que chamo de MARATONA DE ROUPAS!

Quando a fumaça finalmente se dissipou, minha
MARATONA se mostrou um ENORME sucesso!

Consegui a roupa MAIS FABULOSA de todas...!

EU, DESFILANDO COM MINHA ROUPA FABULOSA!

Agora, tudo o que tenho de fazer é sobreviver ao lanche SEM

1. derrubar o hambúrguer no colo.

2. espirrar ketchup no Brandon sem querer.

3. rir tanto a ponto de o refrigerante escorrer pelo meu nariz.

NÃO.

DEVO.

SURTAR.

☺!!

SÁBADO, 22 DE FEVEREIRO

AI, MEU DEUS! Hoje é o grande dia! O Brandon e eu temos um encontro no Burger Maluco em poucas horas!!

∧ ∧ ∧ ∧ ∧
EEEEE ☺!

Depois que tomei banho, arrumei o cabelo e me troquei, já eram 18h15, hora de a minha mãe me levar à lanchonete.

Eu estava uma pilha de nervos!

Eu me sentava ao lado do Brandon na aula de biologia fazia, tipo, uma eternidade. Mas só de pensar em me sentar com ele no Burger Maluco... A ideia era mais assustadora do que aqueles filmes de terror que meus pais não me deixam assistir.

"Oi, Nikki!", ele disse, sorrindo. "Que bom que FINALMENTE a gente conseguiu se encontrar aqui!"

Olhei rapidamente para trás para ter certeza de que ele não estava falando com outra pessoa chamada Nikki.

"Oi, Brandon!", eu disse, ficando muito vermelha.

Durante os cinco minutos seguintes, ficamos ali sentados, bebericando nosso refrigerante com nervosismo e olhando um para o outro com aqueles olhos apaixonados e sorrindo. Foi TÃO romântico! Bom, mais ou menos.

Eu sentia que as borboletas no meu estômago estavam em festa. E algumas delas devem ter ido parar no meu cérebro, porque eu não conseguia pensar direito.

O Brandon também parecia mais quieto que o normal.

Então, peguei o papel que envolvia meu canudinho e comecei a enrolá-lo no dedo enquanto tentava dizer alguma coisa engraçada ou interessante. E falei...

"Hum... eu queria saber o que é que tem nesse ketchup."

Foi quando o Brandon pegou o vidro de ketchup e começou a ler os ingredientes. "Bom, aqui diz que tem concentrado de tomate, vinagre destilado, xarope de milho, sal, pimenta, cebola em pó e outros ingredientes."

Peguei um pedaço do papel, fiz uma bolinha com cuspe e a soprei pelo canudinho, e ela foi parar na mesa perto do copo do Brandon. *POF!*

O Brandon ficou surpreso ao ver que eu sabia fazer bolinhas com cuspe.

Então, ele tomou uns goles do refrigerante.

Mas, quando o canudinho dele fez aqueles barulhos esquisitos, tipo *SKURR–SKURR*, ele tossiu nervoso e quase virou o copo.

Então, a gente se encarou mais um pouco. Depois, eu peguei o saleiro, despejei sal na mão e fiz pequenos montes enquanto o Brandon observava.

De repente, a barriga dele começou a roncar, provavelmente porque ele estava com fome ou alguma coisa assim.

"AI, MEU DEUS! Brandon, a sua barriga mais parece motor de avião!", eu brinquei. Você devia ter visto a cara dele. Pensei que ele fosse MORRER de vergonha!

E então, finalmente, nossos sanduíches chegaram...!

Ai, MEU DEUS! Estavam malucamente deliciosos! Em
pouco tempo, nosso nervosismo passou e conseguimos
ter uma conversa inteligente.

Ele me contou as novidades da Amigos Peludos, do seu trabalho no jornal do colégio e dos projetos de fotografia.

Eu contei a ele sobre a mecha de cabelo perdida no salão da Brianna, sobre o neto da sra. Wallabanger e sobre os horrores da aula de natação.

Nós dois rimos até a barriga doer. Foi incrível porque o Brandon é tão...

ENGRAÇADO e LEGAL!

Então, as coisas ficaram SUPERsérias. Ele disse que se sentiu péssimo quando soube que alguém tinha espalhado aqueles cartazes pelo colégio. Disse que tem ALERGIA a pessoas malvadas!

Nós dois concordamos que provavelmente a MacKenzie estava por trás daquilo.

Eu quis muito perguntar se ele tinha alguma ideia de como ela havia conseguido aquela foto, já que a Brianna só tinha enviado para a Chloe, a Zoey e ele.

Mas eu tinha certeza de que ele ficaria muito ofendido e decepcionado se eu o acusasse de ter ajudado a MacKenzie a armar uma brincadeira nojenta como aquela. Então, decidi NÃO dizer nada.

Sabe-se lá como acabamos falando sobre o Baile do Amor.

"Você vai?", perguntei.

"Não. Mas eu iria se a pessoa certa me convidasse."

"Isso quer dizer que a pessoa errada te convidou?"

"Sim, a MacKenzie foi à minha festa de aniversário e me convidou. Mas eu disse não. Desde então, ela está sempre por perto tentando me fazer mudar de ideia. Até disse que o pai dela faria uma doação grande à Amigos Peludos se eu fosse com ela. Ei, a gente precisa muito do dinheiro, mas...", ele parou de falar.

Comecei a brincar com o papel do canudinho de novo enquanto pensava.

Então a MacKenzie tinha convidado o Brandon para ir ao baile?

E ele recusou?

Fiquei SUPERfeliz E aliviada por saber disso.

Agora EU podia convidá-lo para ir ao baile!

Se eu conseguisse reunir coragem.

"Bom, talvez outra pessoa esteja querendo te convidar, mas ela está com medo de que você diga não", eu disse, ficando vermelha.

"É mesmo?!", o Brandon piscou surpreso. "Na verdade, eu provavelmente... não, com certeza eu diria SIM! Tipo, SE ela realmente me convidasse", ele disse, olhando fixamente para mim.

Aquela era a minha chance!

O Brandon estava basicamente ME pedindo para CONVIDÁ-LO para ir ao baile!

"Bom... humm, a respeito do baile. Queria perguntar... se você... hum, quer dizer... se NÓS... teremos outra NEVASCA?! Nevou muito da última vez!", eu tagarelei feito uma idiota.

BOLA FORA!

O Brandon continuou me olhando. "Não. Você quer me perguntar alguma outra coisa?"

"Na verdade, TEM uma coisa que eu quero perguntar."

"Certo..."

"Então, você gostaria de... humm, comer uma SOBREMESA??!! Ouvi dizer que o bolo veludo vermelho com chocolate daqui é DELICIOSO!"

Brandon sorriu e concordou com a cabeça. "Claro, Nikki! Seria ótimo!"

Eu queria dar um chute em mim mesma. SEGUNDA BOLA FORA!

"Hum, Brandon, tem só—só mais uma coisa que eu queria perguntar pra você...", gaguejei com nervosismo.

"Espera. Me deixa adivinhar!", o Brandon provocou. "Você quer saber se... eu quero sorvete?"

"Não! Não é isso!", respondi.

"Cobertura quente com chantili?"

"NÃO!", eu ri.

"Já sei! Com granulado!"

"NÃÃÃOOO!", eu gritei.

"ENTÃO, O QUÊ...?!", o Brandon perguntou, fingindo estar frustrado.

"Quero saber se você quer... você sabe... ir ao Baile do Amor comigo!", soltei, corando muito.

De repente, o Brandon fez aquela cara SUPERséria e começou a mexer no canudinho. Certo, fiquei muito nervosa. Talvez convidá-lo tenha sido um grande erro.

"Na verdade, Nikki, eu não posso..."

"Tudo bem! De verdade!", eu o interrompi. "Eu entendo totalmente. Convidei você em cima da hora e tudo!"

Abri um sorriso amarelo. Mas, no fundo, eu me sentia tão magoada que queria chorar.

"Na verdade, Nikki, eu não posso dizer NÃO a você!", o Brandon falou quando afastou o cabelo dos olhos e me deu um sorriso torto.

Foi quando fiquei vermelha de novo e sorri para ele.

Então, ele corou e sorriu para mim. E todo esse lance de ficar vermelho e sorrir durou, tipo, uma ETERNIDADE!

Então, além de eu ter me divertido muito no Burger Maluco, agora...

EU VOU AO BAILE DO AMOR COM O BRANDON!!

^^^^^ ÊÊÊÊÊ ☺!!

Estou TÃO animada!

EU, FAZENDO A MINHA
"DANCINHA FELIZ DO SNOOPY"!!

Mal posso esperar para telefonar para a Chloe e a Zoey e dar a notícia FANTÁSTICA para elas!

Mas existe uma chance de as minhas melhores amigas já saberem, se elas estavam escondidas embaixo da mesa do Burger Maluco nos ESPIANDO. DE NOVO!

Acho que vamos poder fazer um ENCONTRO TRIPLO, no fim das contas. Exatamente como tínhamos planejado! ^^^^^ ÊÊÊÊÊ!!! ☺!!

AI, MEU DEUS! Vai ser TÃÃÃOOOO romântico!!

EU SEGURANDO MEU CORAÇÃO
E SUSPIRANDO SEM PARAR!

É difícil acreditar que vou mesmo ao Baile do Amor com o Brandon.

^^^^^
EEEEE ☺!!

Eu acho que a Chloe e a Zoey estão mais animadas com isso do que eu. Elas já me telefonaram uma dúzia de vezes e eu só contei a novidade há uma hora.

O traje do baile é social, o que quer dizer que as meninas podem usar vestidos longos! Você sabe, como a Cinderela e todas as princesas da Disney.

Não é o MÁXIMO?!

A Chloe e a Zoey já têm vestidos.

Mas, como são ótimas amigas, elas concordaram em me encontrar no shopping para procurarmos o vestido perfeito para MIM.

Bem, eu devo ter experimentado uns cinquenta vestidos...

Ou muito cheios de FRESCURITES!

Ou muito FORMAIS...

Ou muito MODERNOS!

Voltamos do shopping de mãos vazias.

Claro que eu fiquei bem chateada.

E não ajudou nada termos encontrado a Jessica e ela ter visto que eu estava procurando um vestido. E, como ela é a melhor amiga da MacKenzie, isso significa que ela vai FOFOCAR sobre os meus assuntos pessoais.

Mas a boa notícia é que AINDA restam quatro dias de compras até o baile!

Tenho CERTEZA absoluta de que vou encontrar o vestido perfeito.

Em algum lugar!

Quero dizer, não pode ser tão DIFÍCIL assim!

☺!!

Tá bom, eu estou começando a entrar em PÂNICO!
Minha mãe disse que me levaria para procurar um
vestido na quarta-feira. Mas vão
faltar só dois dias para o
baile!! Ela disse que, se não
conseguirmos encontrar
um vestido novo, posso
simplesmente usar o vestido
~~horrível~~ prata e verde-água
que usei quando fui dama de
honra no casamento da tia Kim.

Mãe, você tá MA-LU-CA?!

Eu me RECUSO a ir ao Baile
do Amor parecendo um PEIXE
MUTANTE!

Desculpa, mãe,
mas é um baile
formal... NÃO
uma festa À FANTASIA!

De qualquer forma, depois do jantar, recebi a mensagem mais fofa do mundo do Brandon.

^ ^ ^ ^ ^
ÉÉÉÉÉ!! Acho que a nossa ida ao Burger Maluco ajudou mesmo a nossa amizade.

* * * * *
DE BRANDON:
Oi, Nikki.
Ansioso para ir ao baile com vc. Boa sorte para encontrar um vestido que consiga te deixar bonita!
19:39
* * * * *

Espera um pouco!! Ele acabou de dizer...?!

Agora EU REALMENTE preciso TACAR FOGO nesse VESTIDO!

☹!

TERÇA-FEIRA, 25 DE FEVEREIRO

Hoje, na aula de educação física, estávamos competindo uns contra os outros na piscina com tempo cronometrado.

Por algum motivo bem esquisito, sempre que tento nadar mais do que seis metros, tenho cãibra nas pernas e fico parada em posições muito esquisitas. Eu meio que fico parecendo uma das Barbies velhas da Brianna com DUAS pernas quebradas. E quando as minhas pernas ficam estranhas, eu começo a entrar em pânico e raramente consigo chegar ao outro lado da piscina.

Mas, acima de tudo, eu estava SUPERpreocupada porque essa competição valeria 50% da nota de natação ☹!

A professora apitou. *PIIIII, PIIIII!!* "Próximo grupo, por favor, em suas marcas!"

Finalmente era a hora da MINHA competição começar.

A Chloe me deu um abraço de urso e nós batemos as as mãos para me dar sorte. A Zoey também me deu um abraço e disse mais uma de suas frases inspiradoras, dessa vez do John Lennon...

"Quando a gente está se afogando, não diz 'Eu ficaria muito contente se alguém tivesse a capacidade de perceber que eu estou me afogando e viesse me ajudar', a gente apenas grita!"

Eu fiquei, tipo: "Muitíssimo obrigada por isso, Zoey!"

Acho que essa frase era para me incentivar. Mas, para ser bem sincera, me assustou PRA CARAMBA! A gente "apenas GRITA"? Que tipo de conselho é ESSE?

Ah! Eu comentei que ia competir com a MacKenzie e outras três GDPs?

"E então, Nikki! Estou vendo que hoje você vai tentar nadar sem o equipamento de mergulho e aquelas boias ridículas", a MacKenzie me provocou.

As amigas dela riram. Eu só revirei os olhos para aquela garota. Eu queria dizer alguma coisa. Mas, naquele momento, meus joelhos estavam tão fracos que eu estava mais preocupada com a possibilidade de cair de cara na água antes mesmo do início da competição.

A professora subiu no pódio para dar início à largada. "Nadadoras, em suas marcas. Preparem-se..." P/////!

EU, TENTANDO NÃO CAIR DE CARA NA ÁGUA

Mergulhei e comecei a nadar desesperadamente.

Apesar de ter acabado de começar, eu vi que estava bem para trás.

É! A última! Foi tão HUMILHANTE ☹!

Para piorar ainda mais as coisas, eu estava diminuindo o ritmo e começava a sentir cãibra nos músculos da perna.

Por fim, parei de nadar e comecei a fazer como um cachorrinho na água.

A MacKenzie estava na frente e as outras três garotas estavam bem atrás dela. Tive vontade de desistir!

Foi quando olhei sobre o ombro e vi uma sombra escura logo atrás de mim. Na verdade, parecia bastante com... uma barbatana de tubarão?!

Dei mais uma olhada e... SIM! ERA uma barbatana de tubarão, a poucos metros. Não pude acreditar no que estava vendo!

AI, MEU DEUS! Acho que fiz xixi na piscina!

E, pelo tamanho da barbatana, aquela coisa era ENORME! Completamente aterrorizada, comecei a nadar o mais rápido que pude.

Um tubarão na piscina?! Como DIABOS ele entrou ali?, eu me perguntei enquanto nadava para salvar minha vida. Pensei em três hipóteses possíveis.

Talvez ele morasse nos esgotos do Westchester Country como aqueles jacarés, cobras pítons e outras criaturas assustadoras sobre as quais ouvimos falar no telejornal.

Ou, se realmente estava no esgoto, ele provavelmente ficou muito grande para caber no encanamento e saiu da tubulação diretamente para dentro da piscina.

Ou talvez tenha escapado do zoológico de Westchester e estivesse descendo o riacho atrás do nosso colégio quando decidiu parar na piscina para fazer um LANCHINHO!

Uma coisa era certa. Eu não tinha a menor intenção de me tornar a sua próxima REFEIÇÃO.

Você sabe, nuggets de Nikki ao cloro.

Eu devo ter tido uma onda de adrenalina ou alguma coisa assim, porque fui nadando cada vez mais rápido até chegar ao fim da piscina.

Depois, eu saí dali e passei pela professora, gritando a plenos pulmões...

MACKENZIE, TENTANDO ENTENDER COMO EU
CONSEGUI CHEGAR ANTES DELA

Ei, eu não ia ficar de bobeira na beirada da piscina de
jeito nenhum. Os tubarões nadam até a costa, atacam
as presas e as arrastam para o fundo para devorá-las!

Pelo menos, é o que eles fazem nos filmes e na TV! E, pessoalmente, eu não ia me arriscar. Então, continuei correndo até o topo da arquibancada. Só aí olhei para trás para ver se o tubarão tinha me seguido. Ei, podia ter acontecido!

Foi quando escutei a professora de educação física fazer um anúncio pelo alto-falante.

"Prestem atenção, por favor! Quero parabenizar a Nikki Maxwell. Ela não só ganhou o primeiro lugar na competição, como também estabeleceu um novo recorde escolar para os cinquenta metros. Nota 10 pra você, srta. Maxwell. Muito bem! Por favor, venha buscar seu certificado."

Voltei cuidadosamente para a área da piscina, onde a Chloe e a Zoey me deram um abraço de urso.

"Vocês não viram aquele tubarão enorme na água?", eu arfei.

"Tudo o que vimos foi você acabar com a MacKenzie na competição!", a Zoey se emocionou.

"AI, MEU DEUS! Você ganhou com uma diferença enorme!", a Chloe riu. "Você saiu da piscina antes mesmo de ela acabar!"

"Mas eu podia jurar que vi um TUBARÃO!"

Minhas amigas caminharam até o outro lado da piscina e voltaram com algo grande e brilhante com uma enorme barbatana. Só que NÃO TINHA dentes pontudos.

"ISTO não é um tubarão, Nikki!", a Chloe disse.

"Hum... é um PÉ DE PATO de plástico!", a Zoey riu.

"Desculpa, gente! Mas parecia um tubarão pra MIM!", murmurei.

AI, MEU DEUS! Fiquei TÃO envergonhada.

De qualquer forma, depois de vencer a competição e conseguir cinquenta créditos extras por quebrar o recorde escolar, acabei ficando com 10 de nota final na natação!

Aquela aula estúpida me perturbou o mês todo. Eu nunca teria imaginado que aquilo podia acontecer.

UHU! Fiquei mais do que FELIZ!

E agora a professora de natação quer que eu entre para a equipe feminina.

NÃO É MALUCO??!!

☺!!

Hoje, depois da escola, minha mãe e eu fomos às compras à procura do vestido para o Baile do Amor. Primeiro, fomos à seção de vestidos da Pra Sempre 16, mas as araras estavam vazias e não havia nem um único vestido à vista.

Havia uma pilha de cabides quebrados no chão. Parecia que um elefante tinha fugido por ali!

Então, fomos a mais cinco lojas, e todas estavam na mesma condição.

"Não há nenhum vestido neste shopping INTEIRO?", minha mãe perguntou, claramente frustrada. "Não acredito nisso! Vamos tentar encontrar uma vendedora."

Estávamos em uma loja de departamentos bem bacana, e finalmente encontramos uma vendedora escondida atrás do balcão. Em posição fetal!

"Com licença, moça", minha mãe disse a ela. "Estamos procurando um vestido. Você pode nos ajudar, por favor?"

"Ve–vestido?!", a atendente arfou horrorizada. "Você acabou de dizer... VESTIDO? AAAHHH!!!", ela gritou histericamente e saiu correndo pela porta de emergência.

Eu não tinha me dado conta de que milhares de alunas desesperadas tinham ido ao shopping e transformado a ~~compra do~~ caça ao vestido em um esporte brutal de gladiadores...

Em casa, minha mãe sugeriu de novo que eu usasse aquele vestido "adorável" de ~~sereia~~ dama de honra.

AAAIIIIII!!

É claro que ela tem memória fraca, porque aquela coisa é HORRENDA!

Desculpa, mãe, mas verde-vômito NÃO é minha cor preferida.

E é impossível andar com aquele vestido! Fica tão apertado nas minhas pernas, que parece a cauda de um peixe gigante.

Enquanto as outras damas de honra caminhavam graciosamente durante a "Marcha nupcial", eu fui pulando até o altar como um peixe-gato gigante, ou alguma coisa assim!

Aquele vestido era um sofrimento!

Eu estava me atrasando e o tempo estava se esgotando!

A última coisa que eu queria fazer era traumatizar o Brandon por ir ao baile parecendo um PEIXE MUTANTE ou alguma coisa assim.

No momento, estou TÃO frustrada que estou pensando seriamente em NÃO ir ao baile.

Por que a minha vida é tão

NOJENTA?!

☹!!!

Recebi uma visita inesperada hoje depois da aula! Eu estava no meu quarto fazendo a lição de francês quando, de repente, fui interrompida de um modo muito grosseiro...

"Aí está você, srta. Nikki! Eu, a srta. Bri-Bri, stylist e fashionista das estrelas, estava procurando VOCÊ!", a Brianna exclamou. "Venha depressa, querriiiida! A srta. Bri-Bri precisa vestir você antes do próximo compromisso dela!"

"Não dê mais nenhum passo na minha direção, ou você vai se arrepender!", eu gritei. "Estou com um livro de francês na mão e NÃO tenho medo de usá-lo. Da última vez, você ACABOU com o meu cabelo! Você ao menos tem licença para trabalhar?"

"Mas tudo aquilo foi culpa do meu assistente. Eu demiti o Hans. Agora, venha! A srta. Bri-Bri vai deixá-la bonitê! Sim?"

"DE JEITO NENHUM! A srta. Bri-Bri pode pular em le LAGO! Ainda estou muito brava com você!"

"Então, vou consertar as coisas para você. A srta. Bri--Bri prometê! Ou ela vai comer caca de nariz!"

QUE tipo de promessa foi essa?! Eu tinha certeza que a srta. Bri-Bri comia caca de nariz de qualquer forma!

Por outro lado, qualquer que fosse o vestido que ela tinha para me dar não podia ser mais feio do que o que eu já tinha.

Eu não tinha muito a perder! Bom, além de mais uma mecha de cabelo. Mas era um risco que eu estava disposta a correr pelo baile. E pelo Brandon!

"Tá bom, Brianna! Vou te dar MAIS UMA chance! Então, não estrague as coisas!", avisei.

"Querriiiiida! Temos muito trabalho a fazer! Por favor, siga a minha nova assistente, a Bicuda."

A Bicuda acenou na minha direção e segurou meu braço, me puxando pelo corredor.

Ela usava muitos anéis e pulseiras, um esmalte brilhante, um gloss labial rosa-choque e óculos de gatinha que combinavam com os da Brianna.

"Querriiiida! Chegamos! Bem-vinda à BOUTIQUE BRIANNA!", a srta. Bri-Bri anunciou me levando para o banheiro do andar de cima. "A srta. Bri-Bri desenhou um milhão de vestidos bonitês para pessoas muito belas e importantes, como a princesa de pirlimpimpim, a Selena Gomez, a Beyoncé e a srta. Claus! E eu criei o vestido perfeito para você, querriiiida! Bicuda, por favor, mostre o provador à srta. Nikki", ela ordenou.

De repente, a Brianna levou a mão à orelha, sussurrou algo para a Bicuda e, em seguida, franziu o cenho.

"O que foi, Bicuda?", ela perguntou. "Você está no telefonê com Dora Aventureira e o macaco Botas? Botas precisa de novas botas? Muito bem, querriiiida. Marque antes do meu horário de seis da tarde com o Bob Esponja!"

A Brianna se virou para mim e sorriu como se pedisse desculpas. "Por favor, perdoe a interrupção, querriiiida. A Bicuda está atolada em telefonemas e papelada. Onde estávamos? Ah, sim! O vestido pra VOCÊ!"

Ela caminhou até a banheira e puxou a cortina. *XUUUUSH!!*

"SRTA. NIKKI, POR FAVOR,
ENTRE NO PROVADOR!"

Fiquei muito chocada ao ver um saco de roupa com meu nome dentro do "provador".

Mas fiquei com medo de que fosse uma pegadinha.

"Hummm... Você quer que eu entre?", olhei para ela com desconfiança. "Por quê? Isso é piada? Você colocou um tubarão ali ou o quê?"

"Claro que não! Minha boutique tem uma política que proíbe tubarões, querriiiiida!", a Brianna respondeu, um pouco ofendida.

"Certo, pronto!", murmurei baixinho quando entrei na banheira.

A Brianna fechou a cortina atrás de mim. XUSSSHH!

"Volto a falar com você em alguns minutos, querriiiiida. Assim que eu terminar de atender Sasha e Malia Obama."

Apesar de o saco parecer novo, eu esperava encontrar o roupão rosa-choque velho da Barbie ali dentro.

Li o bilhete preso ao saco...

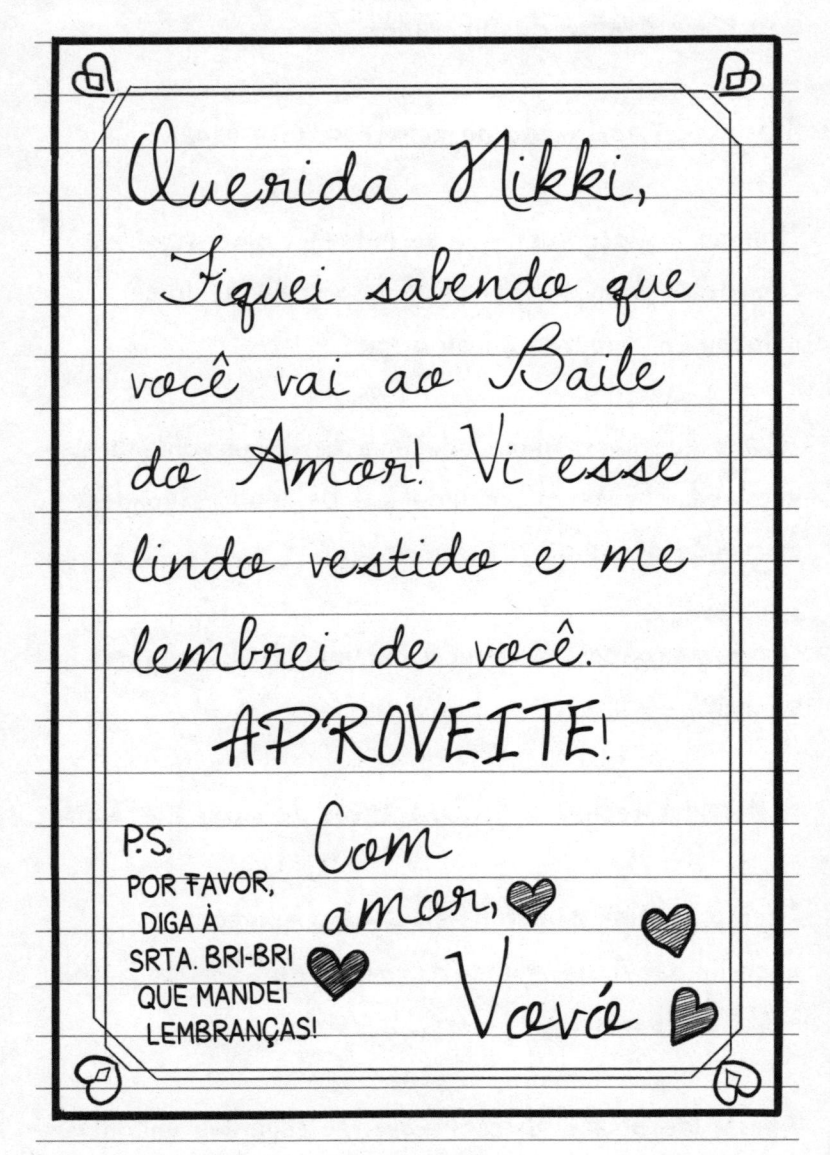

Querida Nikki,

Fiquei sabendo que você vai ao Baile do Amor! Vi esse lindo vestido e me lembrei de você. APROVEITE!

P.S.
POR FAVOR, DIGA À SRTA. BRI-BRI QUE MANDEI LEMBRANÇAS!

Com amor,

Vovó

Eu estava certa! A Brianna ESTAVA aprontando alguma!

Aquela COBRINHA mentirosa tinha conversado com a vovó e feito uma surpresa maravilhosa... O vestido mais LINDO DE TODOS!

Era totalmente PERFEITO para o baile. Eu mal podia esperar para mostrar às minhas melhores amigas.

^^^^^
ÊÊÊÊÊ!!!

Todas as GDPs sentirão TANTA inveja!

Paguei pelos "serviços" da Brianna com um pacote de Skittles.

"Viu, querriiiiida? A srta. Bri-Bri fez um vestido muito bonitê para você! Sim?"

"A srta. Bri-Bri ARREBENTOU A BOCA DO BALÃO!", eu ri.

"Então, podemos esquecer aquele pequenê problema com o cabelo?!"

"Esquecido!", eu disse, e abracei a ~~Brianna~~ srta. Bri--Bri.

Então, saí correndo toda feliz para o meu quarto para experimentar o vestido novo.

☺!!

Hoje, o colégio todo estava cochichando sobre o baile. Os alunos se apressaram e fizeram fila entre as aulas para votar na Princesa do Amor. De acordo com os últimos boatos, a MacKenzie ia vencer de lavada.

Evitei votar completamente. Era só um lembrete da última brincadeira sem graça da MacKenzie, a qual eu estava tentando esquecer a todo custo.

Eu ainda não fazia a menor ideia de como ela tinha colocado as mãos naquela foto do Salão Brianna. Talvez fosse a minha imaginação, mas em todas as aulas, parecia que os alunos olhavam para mim e cochichavam ☹!

Então, eu simplesmente me afastei e passei o dia todo olhando para o relógio e contando as horas até o Baile do Amor ☺! 10, 9, 8, 7, 6, 5, 4...!

Antes de eu me dar conta, as aulas tinham terminado e o baile começaria em menos de uma hora. Eu me olhei no espelho pela última vez.

Por dentro, eu me sentia SUPERinsegura. Mas, por fora, eu parecia uma princesa de verdade...

Bem, TIRANDO os braços e ombros secos ☹!

O novo DVD *Fique sarada em 20 minutos* da minha mãe era uma farsa enorme. Eu o havia usado por quarenta minutos depois do colégio para malhar os braços, mas eles AINDA estavam EXATAMENTE iguais. Mas o que é ISSO? Minha mãe definitivamente precisa pedir seu dinheiro de volta!

Por algum motivo, eu estava sentindo um caso extremo de ansiedade de última hora. Eu estava superansiosa em relação a TUDO.

Suspirei e enfiei um Tic Tac na boca. Em seguida, coloquei o celular na bolsa, peguei meu casaco e desci a escada.

De repente, meu telefone tocou. Eu tinha certeza que era uma mensagem da Chloe e da Zoey dizendo que estavam indo me pegar.

Não havia a MENOR chance de eu me arriscar a me humilhar publicamente andando no BARATAMÓVEL do meu pai! Foi MINHA a ideia brilhante de a mãe da Zoey nos levar e a mãe da Chloe nos buscar!

Mas, surpreendentemente, a mensagem não era nem da Chloe nem da Zoey.

Era do Brandon! ÊÊÊÊÊ ☺!!

Imaginei que provavelmente ele estava mandando uma mensagem para dizer que estava ansioso para me ver ou alguma coisa assim. Você sabe, como acontece em todos aquele romances. ÊÊÊÊÊ ☺!!

Suspirando profundamente, prendi a respiração e li a mensagem pré–Baile do Amor em voz alta:

Pisquei sem conseguir acreditar e li de novo. Aquilo só podia ser um erro!

Obviamente, algum outro cara chamado Brandon tinha acabado de decidir, bem no último minuto, "DAR O FORA POR MENSAGEM" na garota inocente com quem tinha marcado um encontro!!

E então enviou para MIM por acidente!

SÓ QUE NÃO ☹!!

Eu me senti como se tivesse levado uma pancada no estômago. De uma bola de trinta quilos.

POR QUE o Brandon faria isso comigo?!!!

Tudo bem. Talvez porque ele estivesse DOENTE! Mas MESMO ASSIM! Qual é o problema de uma pequena gripe entre bons amigos?!!

Como o baile era muito importante, eu estava esperando que ele, educadamente, ignorasse a febre e a náusea e fosse até lá com um saco de vômito ou alguma coisa assim.

Se eu estivesse com gripe, eu teria feito isso por ELE!

Ei! Se eu tivesse sido atropelada por um ônibus, eu iria ao baile toda engessada com um par de brincos SUPERFOFOS para combinar!

Aquilo era o fim da picada!

Eu me senti em uma montanha-russa emocional, em queda livre num abismo profundo e obscuro. E eu queria descer!

Sabia que não podia culpar o Brandon por ter ficado doente! Mas por que ele esperou até o último minuto?!

E por que ele jogou a bomba em cima de mim com uma mensagem bem esquisita em vez de pedir muitas desculpas pessoalmente? Ou pelo menos com um telefonema?

Era como se ele não estivesse nem aí para os meus sentimentos!

Bem no fundo, suspeitei que o Brandon não estava doente coisa nenhuma. Ele provavelmente tinha aceitado a oferta em dinheiro da MacKenzie para a Amigos Peludos.

E depois de decidir não ir mais ao baile comigo, ele não teve coragem suficiente de dizer isso na minha cara.

Eu fui tola de acreditar que seríamos bons amigos. Eu detestava admitir, mas a MacKenzie tinha razão ☹!

Eu me arrastei de volta para o meu quarto, bati a porta e caí na cama.

E então chorei histericamente com a cara no travesseiro.

AI, MEU DEUS! Eu me sentia mais do que PÉSSIMA. Meu coração estava doendo de verdade.

Eu fiquei deitada ali pelo que pareceu ser uma ETERNIDADE, e então, de repente, escutei passos e duas vozes familiares perto do meu quarto.

Fechei os olhos e resmunguei. Ai, CARAMBA! Eu tinha me esquecido de telefonar para a Chloe e a Zoey...!

Elas entraram no meu quarto feito um furacão.

"Nikki! Suas melhores amigas preferidas chegaram!", a Zoey gritou alegremente. "Está pronta?"

"Um atraso não PRESTA numa FESTA!", a Chloe gritou e balançou as mãos.

Eu me sentei lentamente na beirada da cama, suspirei e sequei as lágrimas.

Minhas melhores amigas pararam no mesmo instante e ficaram me olhando chocadas e boquiabertas.

"AI, MEU DEUS, NIKKI! O que foi?!", as duas berraram.

"Na—não vo—vou ao ba—baile!", eu murmurei. "O Brandon acabou de enviar uma mensagem. Ele disse que está... DOENTE!"

"O QUÊ?!", elas se assustaram.

Foi quando perdi totalmente o controle e comecei a

CHORAR...

EU ME SINTO PÉSSIMA! NÃO ACREDITO QUE O BRANDON ME DEU O FORA DESSE JEITO!

Eu tive um completo colapso. A Chloe e a Zoey me abraçaram. Elas estavam prestes a chorar também.

"Me desculpem", eu disse, "mas vocês vão ter que ir ao baile sem mim." Em seguida, assoei o nariz bem alto. HONK!

A Chloe e a Zoey se entreolharam e então olharam para mim.

"Desculpa, Nikki. Mas não vamos deixar você aqui desse jeito", a Zoey disse, apertando a minha mão.

"A gente se importa com você! Ou vamos TODAS ao baile, ou TODAS ficaremos aqui", a Chloe falou delicadamente.

"Vou ficar bem", protestei. "Vocês têm par. O Theo e o Marcus são legais e não merecem levar um fora. É muito... RUIM!"

"Nikki, se você não quiser ir, nós entendemos. Vamos telefonar para os meninos e explicar a situação", a Zoey disse, pegando o telefone.

"Por favor! Vocês estão fazendo com que eu me sinta pior!", gritei. "Quero ficar SOZINHA! Saiam daqui!"

Foi quando a Chloe e a Zoey olharam para mim sem acreditar. Acho que eu devo tê-las irritado ou alguma coisa assim, porque elas não estavam sorrindo.

"Eu sinto muito, Nikki! Mas nós NÃO vamos deixar você ter um ataque de nervos só porque um cara qualquer não vai levar você a um baile idiota!", a Chloe esbravejou.

"Então, chore um rio, construa uma ponte e SUPERE!", a Zoey disse, revirando os olhos.

Eu NÃO podia acreditar que as minhas melhores amigas não estavam sendo mais solidárias em relação à minha situação. Ei, eu estava com o coração partido e sofrendo muito! Eu não tinha o direito de ser a rainha do drama e da melancolia?

Não esquecer: Arrumar um PAQUERA novo. E novas melhores amigas!

Apesar de estar brava com a Chloe e com a Zoey por não sofrerem comigo, eu tinha de admitir que elas realmente se importavam comigo. Elas estavam dispostas a perder o Baile do Amor! E o primeiro encontro! Quero dizer, QUEM faz ISSO?!

Eu funguei e assoei o nariz de novo. *HONK!!*

"Tá bom, pessoal! Vocês venceram! Eu vou ao baile. Contra a minha vontade. Mas eu NÃO vou me divertir. E vocês NÃO podem me obrigar!", resmunguei.

A Chloe e a Zoey gritaram alegres e me apertaram em um abraço sanduíche.

"Você NÃO vai se arrepender!", a Zoey riu.

"Vamos nos divertir DEMAIS!", a Chloe berrou.

"Não. Consigo. RESPIRAR!", resmunguei, tentando puxar o ar.

Quando me livrei do abraço delas, fui ao banheiro lavar o rosto e me preparar para o baile.

AI, MEU DEUS! Eu estava HORRÍVEL!

Meu cabelo estava uma bagunça e meu rosto estava marcado com lágrimas pretas por causa do rímel.

Eu parecia a noiva zumbi ou alguma coisa assim...

SNIFF!
SNIFF!

De qualquer forma, graças à Chloe e à Zoey, eu
estava começando a achar que talvez isso NÃO
FOSSE o fim do mundo. Mais importante, eu NÃO ia
deixar o Brandon me transformar em um monte de
CACA DE NARIZ e LÁGRIMAS!! Bom, não por mais
de quinze minutos.

Quando chegamos ao Baile do Amor, eu fiquei surpresa ao ver quase todos os alunos ali.

Mal reconheci nosso sombrio refeitório. Tinha sido transformado na terra da fantasia da Rainha de Copas. Dezenas de corações vermelhos pendiam do teto e um monte de balões rosa, vermelhos e brancos esvoaçavam lentamente pelo salão como nuvens em miniatura. As paredes estavam cobertas por centenas de luzinhas vermelhas e brancas que refletiam uma enorme bola espelhada no centro do lugar.

Todas as meninas usavam vestidos lindos, tão bonitos quanto muitos vestidos de formatura do ensino médio. Eu vi brilhos, lantejoula, purpurina e todas as cores do arco-íris.

Mas o meu vestido preferido era o MEU ☺!

O Marcus e o Theo estavam ali, esperando pacientemente pela Chloe e pela Zoey. Eu não sabia quem estava mais nervoso, minhas melhores amigas ou o par delas. Mas, assim que se viram, todo mundo começou a sorrir.

AI, MEU DEUS! Eles eram TÃO fofos! Valia muito a pena ter ido ao baile apenas para vê-los juntos.

"Reservamos seis assentos. Bem perto da mesa de petiscos!", o Theo disse, nos mostrando o caminho.

"AI, MEU DEUS! ADORO petiscos!", eu disse, animada.

Lidar com todo aquele drama e aquele turbilhão emocional havia esgotado a minha energia e me deixado faminta. Eu estava MORRENDO DE FOME!

Parecia que finalmente eu tinha um par para o baile. Eu iria passar a maior parte da noite com um enorme prato de petiscos deliciosos. UHU ☺!

A Chloe e a Zoey olharam para o Theo e então sussurraram uma para a outra.

"Hum, Theo. Na verdade, vamos usar apenas cinco cadeiras. O Brandon está doente. Então, a Nikki vai ficar com a gente esta noite", a Chloe explicou.

O Theo e o Marcus olharam um para o outro e em seguida para nós.

"O Brandon está doente? Tem certeza?", o Theo perguntou.

"SIM!", a Chloe e a Zoey responderam brevemente.

"Mas eu o vi faz cinco minutos. Ele foi embora ou alguma coisa assim?", o Marcus perguntou.

"O QUÊ?!!", a Zoey gritou.

"NÃO ACREDITO!!", a Chloe berrou.

"AI, MEU DEUS! O Brandon está AQUI?!", eu engasguei. "Você tem CERTEZA?"

O Theo e o Marcus me olharam como se eu fosse louca. "Sim, temos certeza", eles responderam.

"Não acredito! O QUE ele está fazendo aqui?!", eu soltei.

O Theo deu de ombros. "Acho que conversando com a MacKen..."

"Com a MacKenzie?! Mas ele NÃO deveria estar aqui!", eu gritei.

"Não?", o Marcus perguntou.

"NÃO!", a Chloe e a Zoey gritaram.

"Não posso simplesmente ficar sentada aqui fingindo que nada aconteceu!", esbravejei.

Basicamente, o Brandon havia me dado o bolo para que a MacKenzie pudesse pagar para ELE levá-la ao baile.

Naquele momento, ele era a última pessoa que eu queria ver.

"Mas a mesa fica perto dos pe-petiscos! Como a Zoey tinha pedido!", o Theo gaguejou.

"Acho que quero ir para casa", eu disse, entrando em pânico.

O Theo pareceu preocupado. "Por favor, não vá, Nikki. Posso procurar outra mesa! Talvez perto do refrigerante em vez dos petiscos?"

"Na verdade, Theo, isso não tem NADA a ver com os petiscos", a Chloe o repreendeu.

"Não?", o Theo piscou.

"O Brandon disse para a Nick que estava DOENTE!", a Zoey bufou de raiva.

"Bom, hum... talvez ele ESTEJA doente. Não perguntamos como ele estava se sentindo", o Marcus murmurou.

De repente, uma onda de raiva me invadiu. "Não consigo acreditar que o Brandon mentiu para mim. Preciso ver isso com os meus próprios olhos!"

"Tá bom. Então, a Zoey e eu iremos com..." Mas antes que a Chloe conseguisse terminar a frase, eu me virei e atravessei a pista batendo os pés.

Estava lotada e muito mal iluminada.

Mas, finalmente, meus olhos se ajustaram à escuridão. Todo mundo estava dançando as músicas mais novas do One Direction e The Wanted. De repente, vi a resposta a três metros de mim. O Theo e o Marcus estavam certos! O Brandon ESTAVA mesmo ali...

...COM A MACKENZIE ☹!!

Piscando para afastar as lágrimas, eu rapidamente me virei e me afastei antes que o Brandon pudesse me ver.

Passei pelo Marcus, pelo Theo, pela Chloe e pela Zoey e saí correndo pela porta, corredor afora.

"Nikki! ESPERA!", minhas melhores amigas me chamaram.

Mas eu simplesmente as ignorei.

Corri para o banheiro mais afastado do baile e me tranquei na última cabine. Ninguém me encontraria ali. Eu só queria ficar sozinha.

O Brandon tinha MENTIDO para mim!

Ele não estava doente. Acho que eu não era bonita ou popular o bastante para ele.

Por que ele simplesmente não tinha me dito que queria ir ao baile com a MacKenzie? Eu me recostei na porta fria enquanto os pensamentos corriam pela minha cabeça.

Eu sentia as lágrimas quentes escorrendo pelo meu rosto.

Que maravilha ☹! A última coisa de que eu precisava naquele momento era que meu rosto ficasse coberto de manchas pretas.

Puxei o rolo de papel higiênico com raiva e fiquei olhando enquanto os vinte metros de papel se esticavam.

Eu estava enterrada em papel até os joelhos, mas não me importei.

Peguei uma ponta e sequei os olhos e o rosto.

Então, assoei o nariz.

HONK!!

De repente, a porta do banheiro se abriu.

"Você acha que ela veio para cá?", a Chloe perguntou.

"É possível. Todos os banheiros perto da pista estão bem lotados", a Zoey respondeu.

"Ei, acho que você está certa", a Chloe disse. "Olha embaixo daquela porta. Só a Nikki usaria tanto papel higiênico!"

Elas sussurraram uma com a outra e, em seguida, bateram à porta. Eu abri um pouco e espiei.

"VÃO EMBORA!", eu disse com tristeza.

"Nikki, estamos MUITO chateadas com tudo isso! Não fazíamos ideia de que o Brandon estava aqui!", a Chloe disse.

"Ei! Não é culpa sua se o Brandon é um rato mentiroso!", eu esbravejei.

"Você precisa esquecê-lo! Quanto antes, melhor!", a Zoey disse.

Claro que senti um nó na garganta de novo quando ouvi aquilo.

"Só estamos dizendo isso porque nos importamos com você", a Chloe disse. "Respira fundo, tá? Quer alguma coisa? Uma garrafa de água? Você está com fome?"

Como eu podia pensar em comida se o meu mundo estava desmoronando sobre a minha cabeça?

"Na verdade, quero ir para casa agora. Vou telefonar para a minha mãe."

"Entendemos totalmente", a Zoey disse com tristeza. "Essa noite toda foi um pesadelo!"

"Bom, o mínimo que podemos fazer é buscar uns petiscos para você levar para casa. Voltamos num instante", a Chloe disse.

Na verdade, um enorme prato de petiscos seria ótimo.

"Obrigada, meninas. Eu conseguiria comer um cavalo", murmurei.

Fiquei sozinha no banheiro de novo, com nada além dos meus pensamentos perdidos.

O que tinha transformado o Brandon em um IDIOTA que me daria um fora por mensagem a menos de uma hora do Baile do Amor?

A MacKenzie!

O plano dela tinha funcionado totalmente. O Brandon tinha arrancado meu coração, jogado na lama e pisado em cima. Exatamente como ela queria! E agora eles provavelmente estavam se paquerando durante uma música lenta!

AAAHHHH!!!!

Peguei o telefone para ligar para a minha mãe, mas fui interrompida por uma barulhenta comoção. A Chloe e a Zoey voltaram correndo para o banheiro.

"Nikki!", a Zoey gritou. "Você NÃO vai acreditar! O Brandon se aproximou da gente e perguntou aonde estávamos indo. Ele disse que está esperando por você!"

"O quê?!", espiei pela porta. "Vocês estão de brincadeira?"

"AI, MEU DEUS! Fiquei passada!", a Chloe disse. "Então, eu falei: 'Pode ficar esperando até virar pó! Você é um mentiroso falso e nojento que deveria estar DOENTE em casa!'"

"E olha só! Ele disse que não fazia a menor ideia do que estávamos falando!", a Zoey disse.

"Como ele pôde MENTIR bem na nossa cara desse jeito?", a Chloe falou alto. "Foi quando eu disse de forma muito doce: 'Certo, Brandon, talvez um refresco ajude a limpar sua mente nebulosa!'"

"AI, MEU DEUS! Você disse isso mesmo pra ele?", eu engasguei. "E o que aconteceu?"

"Precisei segurar a Karate Kid antes que ela virasse um copo de refrigerante na cabeça dele e lhe desse um soco", a Zoey disse, olhando para a Chloe.

← CHLOE, A KARATE KID

"Ei! Dá um tempo!", a Chloe gritou. "Eu estava tentando pegar uma bebida e ele simplesmente estava no meu caminho! O que quer que eu quase tenha feito foi puramente acidental."

"Chloe, acalme-se! Você não está ajudando nem um pouco", eu a repreendi.

"Você quer saber o que ME faria sentir melhor? Que tal se eu 'acidentalmente' der um soco no estômago do Brandon?"

"Chloe, você não pode simplesmente se aproximar de uma pessoa e lhe dar um soco no estômago", a Zoey disse. "Existem leis contra isso!"

"Tá bom, então. E se eu der um soco no nariz dele? Ou se eu der um chute no traseiro? Ele merece isso e muito mais!"

"Chloe, estamos no baile do colégio, não nos JOGOS VORAZES!", eu gritei. "Eu quero ir para CASA. Não para a CADEIA!"

Finalmente, ela recobrou a compostura. "Desculpa, Nikki! Eu perdi a cabeça temporariamente", ela disse baixinho.

Mas eu já estava cansada.

"Olha, meninas! Isso é LOUCURA! Preciso sair daqui. Vou ligar para a minha mãe e pedir que ela venha me buscar. Mas a última pessoa que quero ver ou conversar é o Brandon."

"É, e ele com certeza não quer ME ver!", a Chloe disse, cerrando o punho e estalando os dedos.

"Tá bom, Nikki. A Chloe e eu vamos sair para ver se a barra está limpa. Depois disso, você pode sair. A gente já volta."

Olhei para o meu reflexo no espelho. Eu estava toda desarrumada. Mas passei duas camadas de gloss labial e juntei as minhas coisas, incluindo minha coragem.

Eu estava MUITO pronta para sair daquele banheiro fedorento.

A Chloe e a Zoey quase derrubaram a porta quando voltaram para o banheiro.

"Nikki, você não vai acreditar no que acabou de acontecer!", a Chloe gritou.

Eu revirei os olhos. "Por favor, não digam que vocês bateram no Brandon."

"Na verdade, eu NÃO bati. Mas senti MUITA, MUITA vontade", a Chloe resmungou.

"Acabamos de ver o Brandon de novo!", a Zoey disse. "Ele disse que quer falar com você!"

Entrei em pânico. "NÃO! Não posso falar com ele agora! Vocês não disseram onde estou, certo?"

"Claro que não!", elas responderam.

"Eu tentei muito ser amiga do Brandon. E, depois do Burger Maluco, pensei que finalmente resolveríamos as coisas. Mas eu desisto! Ele me fez chorar, chateou as minhas melhores amigas, acabou com o Baile do Amor,

acabou com a pouca autoestima que eu tinha e, e...
humm... me deixou temporariamente MALUCA!"

"Nikki, não diga isso a respeito de si mesma", a Zoey
disse baixinho. "Você NÃO é maluca!"

"OLHA PRA MIM! Além de estar parecendo a noiva
zumbi, estou no meio de um colapso. Dentro de uma
cabine de banheiro! Quase enterrada em papel higiênico!"

"AI, MEU DEUS!", a Chloe disse. "Você É maluca!"

"Nós sentimos muito, Nikki! A gente não devia ter
feito você vir ao baile contra a sua vontade", a Zoey
murmurou.

"Não fiquem chateadas", respondi. "Foi bom porque eu
finalmente soube a verdade sobre o Brandon. Só queria
que ele tivesse a decência de me dizer cara a cara."

"Eu FARIA isso, se você permitisse!", disse alguém do lado
de fora do banheiro.

"BRANDON?!", eu gritei. "AI, MEU DEUS!"

"Eu não disse que você estava escondida aqui! Juro!", a Zoey sussurrou para mim.

"Não olha para mim!", a Chloe sussurrou meio que gritando. "Não converso com mentirosos doentes!"

"Na verdade, eu segui a Chloe e a Zoey até aqui", o Brandon disse. "Nikki, você pode fazer o favor de sair para conversarmos?!"

"Não temos nada para conversar", eu gritei em resposta. "Me deixa em paz. Você devia ter me dito que queria ir ao baile com a MacKenzie e teria me poupado uma baita dor de cabeça."

"Nikki, VOCÊ me convidou para o baile. Acho que você me deve uma explicação do porquê decidiu me dar um bolo!", o Brandon falou.

"O quê?! Eu não te dei bolo! VOCÊ me deu bolo! Mas não quero falar sobre nada disso. Você devia estar doente em casa, com gripe. Lembra?!", eu gritei pela porta do banheiro.

"Tudo bem, sem problema! Se você não vai SAIR, eu vou ENTRAR!", o Brandon disse.

A Chloe, a Zoey e eu não soubemos o que dizer.

"NÃO ACREDITO! Ele NÃO PODE estar falando sério!", eu arfei.

Ficamos olhando para a porta, sem acreditar, enquanto ela abria devagar e o Brandon espiava lá dentro.

O rosto dele estava vermelho, e ele parecia totalmente confuso.

Eu NÃO podia acreditar que ele tinha entrado no banheiro das meninas para conversar comigo.

"Não consigo acreditar que estou mesmo no banheiro das meninas. Mas eu preciso muito falar com você!", ele murmurou.

A Chloe e a Zoey estavam prestes a protestar.

Mas eu acho que o Brandon parecia tão completamente envergonhado que elas meio que sentiram pena dele.

"Se alguém me pegar aqui, eu provavelmente vou ser suspenso por um mês!", ele disse, olhando com nervosismo ao redor. "Bom, me desculpa por entrar aqui, mas estou desesperado!"

"Na verdade, a Chloe e eu estávamos de saída", a Zoey disse.

"EU NÃO vou a lugar nenhum", a Chloe disse, cruzando os braços. "De jeito nenhum eu vou perder ISSO! Eu queria um balde de pipoca e umas balas de goma."

"Chloe! Vamos!", a Zoey disse com severidade.

Ela segurou o braço da Chloe e a arrastou em direção à porta.

"Ai! Isso dói!", a Chloe reclamou, esfregando o braço.

A Chloe se virou e olhou para o Brandon com raiva. "Olha, cara, é melhor você ficar esperto. A gente está bem aqui do lado de fora da porta. Ouvindo!"

"Hum, Chloe, não se preocupe. Vou ficar bem. De verdade!", eu garanti a ela.

Quando o Brandon e eu ficamos sozinhos, meu coração acelerou e a palma das minhas mãos ficou suada.

"Nikki, você tem agido de modo muito estranho desde o meu aniversário", o Brandon disse. "Mas não entendo o motivo."

"EU?! VOCÊ tem agido de modo muito estranho ultimamente", eu disse, tentando engolir o nó na minha garganta. "E aquelas mensagens de texto! Elas foram simplesmente... CRUÉIS!"

"Mensagens de texto? Que mensagens?!"

"Não finja que você não as enviou!", eu o encarei. "Elas vieram diretamente do seu telefone. No começo, eu não queria acreditar que você tinha dado aquela minha foto maluca para a MacKenzie, mas agora estou começando a desconfiar. Se você não quer mais ser meu amigo, é só dizer!"

"Nikki, parece que VOCÊ não quer mais ser minha amiga. Uma hora você está legal, mas logo fica brava comigo. Esse mês todo foi maluco! Pensei que talvez tivesse a ver com o Baile do Amor ou alguma coisa assim."

Meu telefone tocou e eu o tirei da bolsa.

Era mais uma mensagem do Brandon.

"Viu? É EXATAMENTE disto que estou falando. Estou cansada das suas mensagens. De verdade!", eu disse, apontando para o meu celular.

EU, ACABANDO COM O BRANDON PORQUE ESTOU CANSADA E FARTA DAS MENSAGENS MEIO ESQUISITAS E LEVEMENTE OFENSIVAS DELE

"Hum... Nikki! Você tem um problema. Eu estive AQUI no BANHEIRO DAS MENINAS conversando com VOCÊ nos últimos três minutos."

"EU tenho um problema?! É mesmo? Você é o cara que está dentro do banheiro das MENINAS! Obviamente, é VOCÊ quem tem um problema!! Você já pensou em fazer terapia?"

"Nikki! Como eu poderia ter enviado a MENSAGEM?! Você me viu digitando?", ele perguntou.

"Hum?", murmurei, olhando para o telefone.

Tá bom, agora eu estava totalmente confusa.

"Então QUEM acabou de me enviar essa mensagem?"

Abri a mensagem no celular e a li em voz alta. "Desculpa pelo baile. Mas acabei de tossir um catarro verde bem melequento e pensei em você!"

Então, entreguei meu telefone ao Brandon para que ele pudesse ler a mensagem que tinha vindo do telefone DELE.

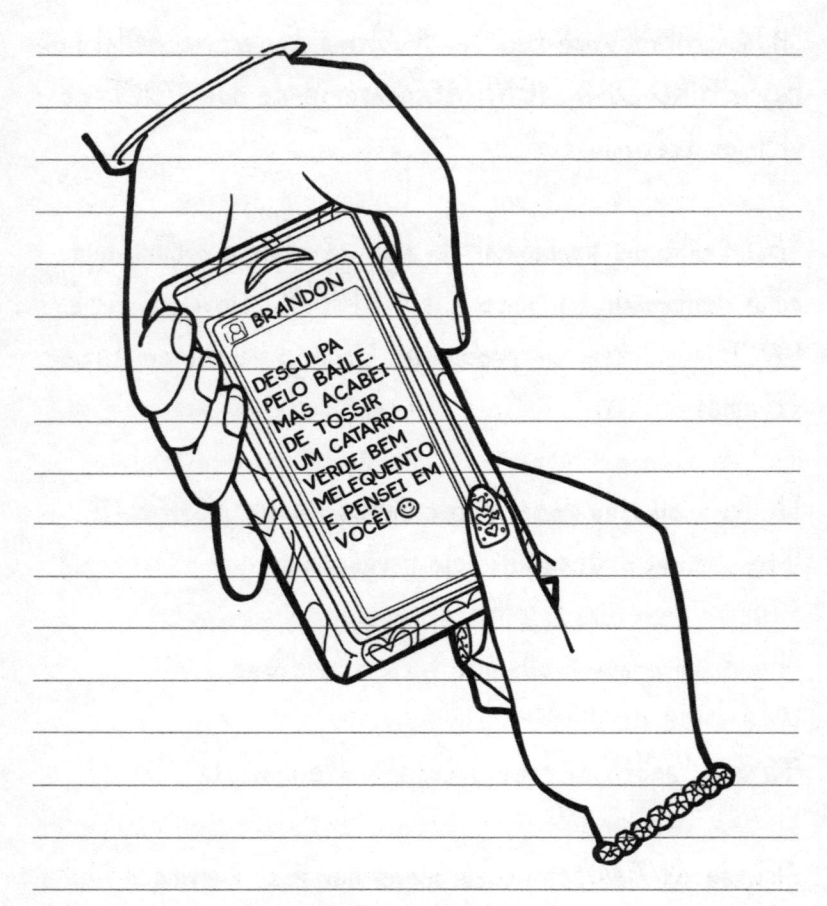

Ele leu a mensagem, fez cara feia e balançou a cabeça.

"Então, essa mensagem de texto supostamente é MINHA?", o Brandon perguntou. "Qual é?! Você acha mesmo que eu falaria sobre algo tão nojento e infantil como catarro? E quando FOI que eu já usei um sorrisinho como esse? Sinto muito por você ter passado por tudo isso, Nikki."

"Bom, se as mensagens não foram enviadas por você, então QUEM as enviou? E POR QUE estão vindo do SEU telefone?"

"Eu não sei. Mas tudo o que sei é que eu NÃO POSSO ter enviado nenhuma delas porque perdi meu celular há um mês! Sumiu na minha festa. Como o irmão do Theo tem um aparelho igual, pensamos que talvez ele pudesse ter levado para a faculdade sem querer."

Uma onda de alívio me invadiu.

Então, o Brandon NÃO estava enviando todas aquelas mensagens malucas dos últimos tempos! Talvez a nossa amizade pudesse ser salva, no fim das contas.

"Bom, isso me faz sentir melhor. Mas por que você não me contou que perdeu seu celular?"

"Porque você não me deu chance. Eu não pude ir ao Burger Maluco com você na primeira vez porque o

Theo e eu estávamos procurando meu celular por todos os lugares. Tentei me desculpar e explicar tudo no dia seguinte no colégio, mas você me ignorou", ele disse.

"Certo, então pode ser que parte do mal-entendido tenha sido MINHA culpa. Me desculpa. Mas por que você estava com a MacKenzie agora há pouco?"

"Você está certa. Eu estava conversando com a MacKenzie. Mas foi ela que me procurou, não eu. Ela me disse que você estava gripada em casa e não viria ao baile."

"Espera aí! Eu recebi uma mensagem um pouco antes do baile dizendo a mesma coisa! Que VOCÊ estava gripado e não poderia vir!"

"Você está brincando! Então, você pensou que eu simplesmente NÃO viria?", o Brandon perguntou.

"Para ser sincera, eu não sabia o que pensar! Eu queria ficar em casa, mas a Chloe e a Zoey me arrastaram para cá. E, quando vi que você estava aqui com a MacKenzie quando deveria estar doente em casa, fiquei um pouco chateada!"

"Um pouco?!"

"Tá bom! Eu fiquei MALUCA DE RAIVA!", admiti.

"Bom, eu sabia que você nunca me daria um bolo desse jeito! Por isso perguntei para a Chloe e para a Zoey se você estava aqui. A Zoey fez cara feia e a Chloe perdeu o controle e tentou jogar um copo de refrigerante em mim. Foi assustador!"

"Eu sinto muito. Isso provavelmente foi culpa minha. Acho que elas ficaram bravas com você por causa de todas as coisas que eu disse a seu respeito."

"Bom, eu me sentiria bem mais seguro se você dissesse para as suas melhores amigas se afastarem. Fico feliz por termos conversado. Agora talvez as coisas possam voltar ao normal."

"Sim, mas ainda não sabemos quem está por trás daquelas mensagens nem como pegaram seu telefone", eu disse. "Mas acho que tenho uma ideia de quem seja o responsável."

"Eu também. Aparentemente meu celular sumiu quando a MacKenzie saiu da festa naquela noite. Mas precisamos de provas de que ela está com ele."

Ficamos olhando para o meu telefone e quebrando a cabeça. E quanto mais líamos a mensagem de texto mal--intencionada, mais bravos e frustrados ficávamos...

Foi quando a ideia mais brilhante de todas surgiu na minha cabeça.

Eu pregaria uma peça perfeita e revelaria o culpado.

Eu só precisava enviar uma simples mensagem de texto. Para... o BRANDON!

* * * * *
DE NIKKI:
Oi, Brandon.
Sei que você ficou feliz com a oferta generosa da MacKenzie a respeito da Amigos Peludos. Mas acho que comprar aquele colar de diamantes da Tiffany para ela em agradecimento foi meio demais. De qualquer forma, eu embrulhei o colar, como você pediu. Mas eu o deixei no número 1573 (atrás do colégio), que é exatamente onde ele deve ficar.
Desculpa ☹!
20:17
* * * * *

Agora só tínhamos que esperar pacientemente até o culpado morder a isca.

O Brandon sorriu para mim. "Nikki, você é uma gênia diabólica. Agora que acabamos com todo esse drama, eu e você... estamos numa boa de novo?"

"Claro! Numa boa!", eu disse, ficando vermelha.

"Ótimo. Vamos sair daqui. Amigos não deixam amigos se esconderem em banheiros femininos!"

Então, nós dois rimos muito da piada do Brandon.

A Chloe, a Zoey, o Brandon e eu voltamos juntos para o baile e nos juntamos ao Theo e ao Marcus na nossa mesa.

Quando contei às minhas melhores amigas sobre as mensagens e o telefone perdido do Brandon, elas não conseguiram acreditar.

De qualquer forma, nós comemos nossos aperitivos. E o jantar chique também foi fabuloso.

Eu não podia acreditar que uma noite que tinha começado tão mal tinha se tornado tão... maravilhosa!

Mas, acima de tudo, eu estava SUPERfeliz porque finalmente estávamos nos dando bem, como nos velhos tempos.

Certo! Aprendi uma lição. Eu NUNCA, NUNCA duvidaria da amizade do Brandon de novo, eu disse a mim mesma.

"Ah, Brandon! Você está aqui!", a MacKenzie gritou. "Procurei você por todos os cantos!"

Ela ficou muito surpresa ao me ver sentada ali. "AI, MEU DEUS, Nikki!", ela me olhou com desprezo. "O que VOCÊ está fazendo aqui? Pensei que estivesse em casa, doente. Está na cara que você está ficando doente. Parece um ZUMBI! Espero que não seja contagioso."

Eu só revirei os olhos para aquela garota.

"POR FALAR NISSO, tenho uma surpresinha para você. Parece que algumas das pessoas que você chama de amigos estão entregando cópias daquela sua foto horrorosa pelas suas costas. Só queria que você soubesse. Você sabe, com amigos assim, quem precisa de inimigos? Bom, queria te dar esta aqui para você pendurar no seu armário!" Então, ela esfregou um cartaz bem na minha cara...

"Nós arrancamos os cartazes que VOCÊ colou! Nenhuma das minhas amigas de verdade faria isso comigo!", rebati.

"Ah, é mesmo?", a MacKenzie perguntou e olhou para o Brandon! "Acho que você não sabe em quem pode confiar! Não é mesmo, Brandon?"

"MacKenzie, você é uma mentirosa! O Brandon nunca faria uma coisa dessas!", eu disse.

O Brandon parecia muito pouco à vontade e ficou olhando para a MacKenzie. Mas eu notei que por algum motivo ele evitava olhar para mim. Por que ele estava agindo de modo tão... culpado?

A MacKenzie riu. "Ele estava entregando as fotos para as pessoas bem debaixo do seu nariz!"

"Brandon, DO QUE ela está falando?" Eu estava começando a me irritar de novo.

"Eu não tive absolutamente nada a ver com os cartazes que foram colados na semana passada. Mas a MacKenzie está certa. Tenho que admitir, essa fui eu...", o Brandon disse, abaixando a cabeça.

Olhei para ele chocada! Quando decidi confiar nele de novo, ele age como um completo IDIOTA!

"Como você pôde fazer isso comigo?", gritei. "A última coisa de que preciso é de mais uma dúzia daquelas fotos circulando pelo colégio!"

"Dúzia?! O Marcus e eu ajudamos o Brandon a entregar pelo menos trezentas. Aquela foto é hilária demais!", o Theo riu. "Todo mundo queria uma."

"Marcus, como você pôde fazer isso?!", a Chloe exclamou, chocada.

"Theo, isso é simplesmente CRUEL!", a Zoey disse, balançando a cabeça, desanimada.

Eu me levantei de repente para sair dali. "Desculpa, mas já escutei o bastante! Vou embora daqui!"

"Espera, Nikki. A gente vai com você", a Chloe disse.

"Vamos pegar nosso casaco", a Zoey bufou.

"Espera, eu preciso explicar!", o Brandon pediu.

"O que você fez NÃO tem explicação!", eu o censurei, controlando as lágrimas pelo que parecia ser a quinta vez naquela noite. "Não teve graça!"

De repente, as luzes do salão se acenderam e o diretor Winston apareceu no palco.

"Certo, alunos! Podem me dar um minuto da sua atenção? Está na hora de coroarmos a Princesa do Amor do WCD."

"AI, MEU DEUS!", a MacKenzie gritou. "Eles estão prestes a anunciar a Princesa do Amor. Tenho certeza que ganhei. Bom, preciso ir. Eles vão precisar de mim no palco. ATÉ MAIS, INIMIGOS!" Então, ela foi embora rebolando. Eu simplesmente ODEIO quando aquela garota rebola!

O sr. Winston continuou. "Primeiro, gostaria de agradecer à nossa professora de matemática, a sra. Sprague, por contar todos os votos mais cedo. Agora, estou muito orgulhoso e honrado de anunciar que a nossa nova Princesa do Amor é..."

MacKenzie Hollister, eu resmunguei para mim mesma. SEMPRE é a MacKenzie Hollister!

"NIKKI MAXWELL!! PARABÉNS!!"

AI, MEU DEUS! Eu não podia acreditar no que tinha acabado de ouvir! Fiquei totalmente chocada e boquiaberta.

Se a Chloe e a Zoey não estivessem me segurando, eu teria caído para trás.

Como aquilo podia ter acontecido? E por que alguém votaria em mim, a MAIOR TONTA do colégio inteiro?

Foi quando o Brandon afastou a franja dos olhos e me lançou um sorriso torto. Então, ele virou o cartaz e o entregou para mim...

AI, MEU DEUS! Meus olhos quase saltaram das órbitas! Tinha um monte de coisas legais sobre MIM escritas ali. Só que ninguém tinha se importado em ME contar. Nem as minhas melhores amigas, a Chloe e a Zoey. Por fim, fez sentido por que os alunos estavam cochichando sobre mim hoje mais cedo no colégio.

"Nikki e seu par podem vir ao palco?", o sr. Winston perguntou. "Temos um presente especial para você, mocinha!"

Enquanto todo mundo aplaudia (bom, todo mundo menos a MacKenzie, que ficou olhando para o seu celular), o Brandon e eu caminhamos até o palco.

Eu me sentia como se estivesse em um sonho. Abri cuidadosamente a caixa branca e ali dentro vi a coroa mais linda de todas.

AI, MEU DEUS! O Brandon era o par perfeito.

Ele até me ajudou a colocar a coroa.

Tá bom, ele a colocou toda torta na minha cabeça!

Mas MESMO ASSIM! O que vale é a intenção.

Depois disso, todos os casais do baile posaram para uma foto de recordação. Parecia que estávamos numa festa de formatura ou alguma coisa assim...

CHLOE E MARCUS ☺!

ZOEY E THEO ☺!

E por último, mas não menos importante...

BRANDON E EU ☺!!

Achei que todas as nossas fotos ficaram SUPERfofas!

E então, graças à Jordyn, FINALMENTE ficamos sabendo quem era a pessoa misteriosa que tinha roubado o telefone do Brandon e enviado aquelas mensagens para mim...

AI, MEU DEUS! OLHA LÁ FORA!

Não que tenha sido um choque ou uma surpresa...

"ONDE ESTÁ O MEU PRESENTE DO BRANDON?!!
TEM QUE ESTAR AQUI EM ALGUM LUGAR!"

Pouco tempo depois, as luzes se apagaram e a bola
espelhada se acendeu para uma dança lenta.

O Brandon ficava olhando para mim de um jeito
esquisito. E então, pigarreou com nervosismo.

"Nossa, Nikki! Estou esperando há um tempão
para dizer que você está... hum... totalmente...!!",
o Brandon ficou boquiaberto, mas as palavras não
saíam. Acho que ele estava sem palavras.

"Obrigada", eu disse. "E eu queria dizer que você está
mais do que lindo!"

"Obrigado!", Brandon disse timidamente. "E então...
hum... você quer...?" Ele balançou a cabeça em direção
à pista de dança.

"Claro, eu adoraria", respondi, e peguei a mão dele.

Nós dançamos, rimos e conversamos uns papos
malucos durante a noite toda. A gente se entendia
perfeitamente.

Foi o momento mais ESTRANHO e insanamente LINDO da minha VIDA!

Parecia que eu era a princesa no meu PRÓPRIO conto de fadas.

E o Brandon era o meu príncipe lindo e um amigo muito bacana. Eu finalmente estava tendo meu momento tonto, e queria que durasse para sempre.

De repente, eu lembrei que a maioria dos meus contos de fadas preferidos acabava com o príncipe e a princesa trocando um BEIJO romântico!!

Então, claro que SURTEI COMPLETAMENTE durante a nossa última dança! E adivinha o que aconteceu?!! AI, MEU DEUS! Eu estava tão nervosa que pensei que ia fazer xixi nas calças. O que, aliás, não foi a primeira vez e certamente NÃO foi a última!

Mal posso esperar para contar TODOS os detalhes interessantes! ÊÊÊÊÊ!!

AMANHÃ!!

Desculpa! Eu sou MUITO TONTA!

☺!!

Rachel Renée Russell é uma advogada

que prefere escrever livros infantojuvenis a documentos legais (principalmente porque livros são muito mais divertidos, e pijama e pantufas não são permitidos no tribunal).

Ela criou duas filhas e sobreviveu para contar a experiência. Sua lista de hobbies inclui o cultivo de flores roxas e algumas atividades completamente inúteis (como fazer um micro-ondas com palitos de sorvete, cola e glitter). Rachel vive no estado da Virgínia, nos Estados Unidos, com um cachorro da raça yorkie que a assusta diariamente ao subir no rack do computador e jogar bichos de pelúcia nela enquanto ela escreve. E, sim, a Rachel se considera muito tonta.

DICA Nº 1:
DESCUBRA A IDENTIDADE DO SEU DIÁRIO.

AI, **MEU DEUS**, meu pior pesadelo se tornou realidade... **PERDI MEU DIÁRIO!!**

E se a MacKenzie o encontrar antes de mim??

A Chloe e a Zoey estão me ajudando a procurar, por isso vou ajudar **VOCÊ** compartilhando todas as minhas dicas sobre como escrever um diário nada popular!

Rachel Renée Russell

DIÁRIO
de uma garota nada popular

Você já leu **TODOS** os diários da Nikki?

 A DICA MAIS IMPORTANTE DA NIKKI MAXWELL:

Sempre deixe seu lado **NADA POPULAR** brilhar!